——おもしろかったです。

桜色の便箋にたどたどしく書かれたたったそれだけの言葉。

それはもしかしたら、道路に転がっている石ころのようにありふれたものなのか

でも、僕が人生の全てを捧げようと決心するには、それで十分だった。

プロローグ

作家と女子高生とコスプレ祭り

Hodumi sensei to Matsuri kun to.

電源を落とした途端に、パソコンの画面がふっと黒く染まった。

じっと覗き込むと、そこにはよく見知った顔の男。

首をひねって、右を見る。左を見る。正面から見据えてみる。

にっ、と笑う。

どうも、僕です。

じっとじっと見ていると、思わず力ないため息が漏れた。

先日、茉莉(まつり)くんがどうしてもとせがむので、久しぶりに高校の卒業アルバムなんてものを開いてしまったせいだろう。

卒業から早十年。毎日見ているとなかなか実感が湧かないけれど、改めて比べてみると、高校生だったあの頃から積み重なった分の年月はしっかり僕の体に刻まれていた。

油断するとすぐに現れる目じりの皺(しわ)とか。

二日も放っておけば伸びてくる顎ひげとか。

目つきなんかは、もう随分と長い間、見通しの利かない未来なんてものを映していたせいで、すっかりと濁りきっている。子供の頃の無邪気さなんて微塵も残っていない。そりゃ、高校生の時だって未来に胸をトキメかせるとかいうような人種じゃなかったけど。それでも、ありきたりな人生設計なんてものを、ぼんやりと思い浮かべてはいたんだよ。

たとえば、こんな感じ。

まず、それなりに名の知れた大学に入学して、バイトやサークル活動に適度に精を出す。次に、学科で四番目くらいに可愛い女の子と付き合う。で、卒業後は不況でも倒産から縁遠いような会社に就職し、それなりの地位まで昇進。結婚して、子供は男の子と女の子を一人ずつ。定年後は、奥さんと縁側で茶でも飲みながらほっこり過ごす。

けれど、現実はそうじゃない。

二十八歳になった僕は、はっきり言ってそのレールから完全に外れてしまっていた。

大学までは無事進学できたものの、勉強しかしてこなかった人間に面白みなんてものがあるはずもなく、彼女の一人すらできなかった。バイトもサークルもいろいろあって、結局辞めた。

その後、最低限の人付き合いで大学を卒業した僕を待っていたのは、部屋に籠っているだけの日々。まあ、正直、負け組だ。

言われなくてもわかっている。それでも、人生には逆転満塁ホームランが待っているはずさ。そういうものだろ。そう信じなくては、僕は絶望して死んでしまう。と、

「あの！ こ、これでいいんですか？ うー、やっぱり慣れない服は着るのが難しいですね」

脱衣所の方から、可愛らしい女の子の声が聞こえた。

振り向き、声の主を見る。

彼女は、恥ずかしさからか顔を赤らめ、もじもじとしていた。瞬間、僕の頭の中からいろんなことが吹き飛んだ。現実？ くそくらえだ。負け組？ 馬鹿を言え。

違う。違うだろ。そうじゃない。これを見ろっ！

金はなくとも、僕の前には今、確かに男のロマンが広がっているじゃないか！

「エクセレントゥ！」

思わずスタンディングオベーションしながら、そう呟く。

「エクセレント、エクセレント、エクセレントooohッ！hooo!!」

テンションがあがるにつれ、声も大きくなる。

万雷の喝采を一人で送る。

木造二階建ての学生御用達ボロアパート。駅から徒歩二十分。西向きのワンルーム。家賃、五万八千円。大学卒業から約六年もの間、暮らし続けた僕にとってはもはやなんの面白みもないその部屋が、けれども今日ばかりはユートピアに変わっていた。

今、僕の眼前で繰り広げられているのは、現役美人女子高生によるコスプレ祭り。

それでテンションのあがらない男がどこにいる?

チャイナ服。ナース服。巫女服。ブルマにレオタード、バニー。スク水はこだわりの紺色旧型。異論は認めるが、反論は許さないっ。スク水は旧型こそ原点にして頂点。

茉莉くんは普段ブレザーの学生服なので、セーラーも着てもらった。

超似合っていた。

コスプレをする上で欠かすことのできないメイド服にいたっては、クラシックな格式高いものからドンキなんかで売っているような安っぽいミニスカのものまで揃えてある。

ちなみに、今、茉莉くんが着用しているのが、そのミニスカメイド服だ。

資料用に通販で買った時は、あまりに安っぽくて意味がなかったと嘆いたものだが、なかなかどうして。実際に着用する姿は、逆にコスプレ感が増し増しで悪くない。むしろ、イイ!

そんな涙なくして語るに語れない光景にすっかりと語彙をなくしてしまった僕は、ただただ最大の功労者である茉莉くんへと感謝の拍手を送り続けた。

しかし、それを受けた茉莉くんは少しも嬉しそうではなく、むしろ困ったように眉を八の字にして、にへへと笑っているばかり。

「どうしたの、茉莉くん」

「ホ、ホヅミ先生。これは、本当に執筆に必要なことなんでしょうか？」

ぐいぐいと丈の短いスカートを必死に手で伸ばしながら、茉莉（まつり）くんは言った。

そのちょっと恥じらう仕草もイイね！

ニーソと肌の境目には、健康的な白い太ももが微（かす）かに盛ってある。みんな大好き、絶対領域。

ムチッとまではいかないまでも、ムラッとはくる。

そして、その奥に眠る秘境（パンツ）。

リビドーだ。男とは、見えそうで見えないギリギリのラインに欲望を駆り立てられる生き物なのである。そして、見えないが故に見ようと足掻（あが）くのだ。時に命すら賭（と）して。

チラリズム。

ミニスカの極意とは、そこにこそ存在する。

ただ、今の茉莉（まつり）くんには圧倒的にそれが足りてない。

じーっと上から下まで視線を這（は）わせながら、答えた。

「当たり前だろう。これはいわば取材だよ、取材」

「じゃあ、その。さ、さっきから先生の目がエッチなのはどうしてですか？」

「変なことを聞くんだね。そんなの、エッチな目で見てるからに決まってるじゃない」

なにを言ってるんだ、この子は。

「エッチな目で見てるんですかあっ？」

ガーン、と衝撃を受けたように茉莉くんが叫んだ。

「むしろエッチな目でしか見ていない。そもそも、これはいわゆるサービスシーンなわけだ。つまり、読者もエッチな目でキャラクターを見る。故に書く側としてもそれに応えるだけのリビドーを込めなくては伝わらない。臨場感、マジ大事。そうだろう。だから」

「だ、だから？」

「その手をどけなさい！」

「え、ええっ！　こうしないと下着が見えちゃうんですけど」

「見せなさい！」

「エッチな目で見るんですよね？」

「何回も同じことを言わせるんじゃない。エッチな目でぇ、**見るっ!!**」

僕は実に真剣な顔をしながら、力強く真面目に頷いた。

「じゃあ、嫌です」

「ここまでしておいて往生際が悪いぞ。自前のパンツを見せるのが嫌なら、そっちにある縞パンに着替えてもいい。心配は無用だよ。どれも袋から出していない新品だし。それなら恥ずかしくないだろう」

「そういう問題じゃないです！　というか、なんでそんなものまであるんですかぁぁぁ」

「昔書いた作品の資料だよ」

完全に完璧に、ぐうの音もでないほど事案な光景だが、ツッコミを入れる者は誰もいない。

ここは僕の桃源郷。

僕だけの城。

「ふははは。さあ、観念してその手をどかせえええ」

雄たけびをあげつつ、がばっと茉莉（まつり）くんのか細い手首に手を伸ばそうとすると、

「先生、そんなだからいつまで経っても童貞なんですよっ‼」


ひどく鋭利な言葉が、事実故に胸を抉った。ぐふっ。

思わず血を吐きそうになるほどのダメージに狼狽（うろた）えている間に、すすすっと距離をとられてしまう。ジクジクと痛む胸を押さえながら、僕は絶叫する。

「あああぁぁぁ！　それはあ、それだけはあ、言ってはいけないことだろうがぁぁぁ！」

「むしろ、誰かが指摘してあげないといけないことですよね？　先生ももうすぐ三十路（みそじ）なんですから」

「あ、待って、タイムターイム。本気の同情だけはやめよう？　年齢のとこだけ強調したりするのもリアルにきついからやめて？　おいやめろそんな目で僕を見るなあああぁぁぁ‼」

全く手心のない言葉に、膝から崩れ落ちる。

そのまま床に手をつき、項垂れた。

出会った当初は尊敬の念とか感じられたのに、今ではもうちっともそんなそぶりは見られない。前向きに捉えるなら、それだけ距離が縮まったということかもしれない。まあ、そうじゃなければ、僕が女の子にコスプレをお願いするなんてこともなかっただろうけどさ。

僕の様子を見て、茉莉くんは呆れたようにため息を吐いている。

あれれー、おっかしいよ？

もう勝った気でいるのかな？

ぶわあ、かあ、めえ。

甘い。甘すぎる。僕はまだ諦めてなんかいない。この体勢からなら、スカートを引っ張っていてもパンツを見ることは可能だ。見てやる。絶対、見てやる。パンツの色は何色だい？

そうしてトゥンクトゥンクと高鳴る胸の鼓動を感じながら僕が上目遣いをした瞬間、しかし目の前にあったのは、にっこりと笑った茉莉くんの顔だった。

「へ？」

「ふふっ。童貞さんの考えることくらいはお見通しです」

どうやら僕がろくでもない悪だくみを巡らしている間に距離を詰め、同じように腰を下ろしていたらしい。ぬかった。こんなに近付かれてはパンツが見れない。

茉莉くんは僕の頬に両手を添えてその位置でがっちりと固定しながら、

「残念でしたね」

僕の目論見(もくろみ)を完全に潰した——と思い込んでいる——彼女はやっぱりどこか得意げだ。

しかし、それでもやっぱりまだ甘い。

童貞を、作家を、つまり童貞作家を舐(な)めてもらっては困る。

なにせ僕は事ここに至ってすら、あ、でもこのシチュエーションは割と有りだな、なんて考えていたんだから。顔がめっちゃ近いし。なんかキスの手前みたいな感じだし。有り寄りの有りだな、うん。使える。脳内メモにしっかりと残しておこう。そうしよう。

僕と茉莉(まつり)くんと。

「うふふふ」

「うははは」

それぞれの思惑を秘めつつニコニコと笑っていた、まだ彼女のことを本当はなにも知らなかった日のこと。

さて、最初に一つだけ断っておこう。
これから繰り広げられるのは、どこにでもいる底辺ラノベ作家の日常だ。
担当編集と打ち合わせをしたり、イラストレーターの絵に歓喜の声をあげたり、たまに同期と飯にいったりすることがあるものの、大抵はおっさんがパソコンを前にして、カタカタと文字を打ち込み、悩んでは消して、また打ち込んで、これでいいのかと頭を抱えているだけ。

特別なことなんてなにもない。

異世界に召喚されたり、ゲームに閉じ込められたり、空から女の子が降ってくるような運命的な出会いもなければ、強いままでニューゲーム、俺Ｔｕｅｅｅなんて物語の約束事、ラッキースケベなＴｏ ＬＯＶＥる(トラブ)なんてほんとーにひとっつも起こらない。一つくらい起これよって思うけど、マジで起こんない。

雲が風で形や大きさを変えながら流れていくように、どこまでも自然で当たり前な日々だけが淡々と過ぎていく。でも、ああ。そうだ。もしかしたら。

縁あって女子高生(茉莉くん)が僕の部屋を訪れるようになったあの秋の終わりから、突然去っていった春の日までの時間は、ささやかだけど特別なものだったのかもしれない。

ううん。違うな。

確かに特別で、奇跡のような日々だった。

少なくとも僕にとっては。

これは、作家と女子高生。

そして多分、本の数だけ存在する僕と君を巡るとても大切な話だ。

第一話　作家と担当と打ち合わせ

Hodumi sensei to Matsuri kun to.

東京都千代田区某所。

高くそびえ立つビルの一室で、僕は判決を待っていた。

朝早くから電車を乗り継ぎ、受付で偽名（ペンネーム）を告げ、エレベーターで指定の階までのぼり、やたらと可愛（かわい）い美少女たちが表紙を飾る文庫本に囲まれたスペースへ通されてから早二時間。

最初は世間話なんかを挟んでいたもののいつしか話題は失われ、僕は銅像のように黙り込み、やがては双夜（ふたつや）担当が手の中にある原稿を黙々とめくり続けるだけの時間が流れていった。

しかし、それも永遠には続かない。

チクタクと律儀（りちぎ）に時を刻み続ける秒針の足音に耳を傾けていると、

「うん！」

ドキッと心臓が飛びあがった。

落書きの一つもない無機質な机の表面で、双夜（ふたつや）担当が百数十枚に及ぶ原稿の端を綺麗（きれい）に整えている。トントン、と規則正しくどこか尖（とが）った音が響く。

最初、彼女に渡した時にはきっちりと端を揃えていたのだが、一枚、また一枚とめくられるたびに少しずつズレが生じたのだった。

仕切り板一枚だけで区分けされた打ち合わせ用スペースに、ごくりと僕の唾を呑み込む音だけが浮かんで消えた。より正確に表現するのなら、ごきゅり、だったかもしれない。

とにかく、それくらい緊張していたのだ。

喉はカラカラだった。双夜担当が用意してくれていた二リットルペットボトルの緑茶は、待っている間に空いてしまった。

もう何十回も繰り返したことだとはいえ、この瞬間はいつだって緊張するし、怖い。

正直、逃げたい。

それでも、ここを通過しなくては次のステップは踏めないのだ。

ちらり、と目の前に座る見目麗しい女性の顔を盗み見る。

それに気付いたのか、双夜担当は芸能人すら裸足で逃げ出しそうな美貌をいかんなく発揮してにっこりと笑った。ふんわりと髪にかけられたパーマの先が、やっぱりふんわりと揺れる。

緊張が、少し解けていく。これは、まさか！

いけるのか？

いけちゃったりするのか？

ホヅミ先生、大勝利～!!　的な？

しゃー、んなろー！

否応なく、内なる僕のテンションがあがる。机の下で、ガッツポーズの準備はできている。さあ、言え。ほら、言え。あの言葉を。そして、ひれ伏せ。うははは。

机の上に寝かせられた原稿の表面を、双夜担当の丁寧に手入れされた指先がどこかいやらしく這う。

そして彼女は、そのバラのように艶やかに引かれたルージュの唇をこんな風に動かした。

「ボツね♡」

語尾についたハートマークが、目を〝凝〟にすれば見えるんじゃねってくらい可愛らしい声だった。しかし、内容は全然これっぽっちも可愛くはなかった。判決、死刑。思ってたのと真逆の反応。頭が真っ白になる。サラサラと灰になって吹き飛んでいく自尊心。

声も出せない。

再起動まで、あと五秒。

「駄目です。これじゃあ、売れません」

立ち直る間もなく追い打ち。

心臓に三百六十五のダメージ。

判定はクリティカル。

ぐふっ。ひ弱な作家の体力ゲージなんて一気に赤く点滅して、そのままギュイーンと空っぽになる。再演算開始。起動まで、あと、あと。ピー、ガガガッ。起動不能起動不能。チーン。

ホヅミ先生の次回作にご期待ください。完！

……。

…………。

…………じゃ、ねえええよっ！

人生、そうそう都合よく終わってくれないもんである。

どれだけの絶望を突き付けられようと、体力がゼロになろうと、泣こうと喚こうと、僕たちのこの不条理で残酷な世界ってのはどこまでも続いていく。

まあ、だからこそ、やり直しとかが利くんだし、逆転満塁ホームランもあるんだろうけど。

それはそれとして、今はこの栄養不足でやたらと骨ばっている平らな胸が痛い。小学生の時、ちょっと気になってた女の子に陰で泣き虫って言われてたのを知った時くらい辛い。

「ぼ、ぼぼぼ。んぼ、ボツぅ？」

とはいえ、一応、再確認。

過呼吸のせいで上手く発音できなかったが、ツッコミはなかった。

双夜担当はやっぱり笑顔を崩さない。

「はい」

「全部？」

「そう。全部」

さらりと切り捨てられる。

「ＯＫをもらったはずのプロットの原稿なんだけど？」

「でも、思ってたのと違ったっていうか。というか、先生だって、序盤の方、プロットから随分と変えちゃってるじゃない」

「コンセプトは変えてないだろうっ。話の流れだって。第一、僕はこっちの方が面白いと思ったからこうしたんだ」

「私はそうは思わないわ」

即答。

くそう。ならば、手を変えてみるか。

「これ、僕の三ヶ月の結晶なんだよね」

「はあ」

「このままだと、僕、半年以上無収入になっちゃうんだけど？」

「うん？　それが？」

「それが、じゃなくてっ！　てか、鬼か！　双夜担当、鬼の目にも涙って言葉、知ってる？」

「んー、言葉の意味は知ってるけど、今は知らない。編集部としては、面白さの担保のないものを本にするわけにはいかないの。わかるでしょう？」

はー？　っはー？　なに言っちゃってくれてるの？　面白いだろ、めちゃくちゃ面白いだろ。傑作だろ。なんなら新人賞取れなおしちゃうレベルだろ。本当にちゃんと読んだの？

あんたのその大きくて、ラブリーチャーミーな瞳は節穴かよ。

「この前のも、その前のも全ボツだったよね？」

「ああ、そう言われればそうね。で、それがどうかしたの？」

「……おま、おまっ。お前なあああああっ！　こ、これが人間のやることかよぉぉぉ!!」

血の涙を流しながら駄々っ子のようにバンバンと手のひらを机に強く叩きつけると、ようやく双夜担当の表情が変わった。めっ、とそこに宿る光はまさしく子供を叱る親のものである。

「まあ、ホヅミ先生。駄目。暴力は駄目よ。作家たるもの、戦うなら言葉を使いなさい。というか、担当編集に口喧嘩で負ける作家ってどうなの？」

「うるせー。ばーかばーか」

「わー、ホヅミ先生ったら悪口の語彙なさすぎ。小説だと、あんなに素敵な表現をするのに、どうしてなの？」

言い返せず、僕はガツッゴーンと机の上に突っ伏した。

ああ、と響くうめき声と共に魂が家出していく。実家に帰らせていただきますって勢いだ。

おーい、魂。君の実家は僕の体だぞ。気が済んだら、帰っておいで。

やあ、みんな、と体を抜け出した魂が、次元の壁を越え、読者に直接語りかける。

これまで繰り広げてきた一連のやり取りでなんとなく状況を把握できた人も多いとは思うけど、あえて、ここで一度、自己紹介的なものを入れてみるね。

では、はじまりはじまり。

僕、こと空束朔は作家である。

より正確さを求めれば、ライトノベル作家ってことになるのだろう。

齢、二十八。大学四年の時に書いた小説が運よく——あるいは運悪く——ライトノベルの新人賞を受賞してとんとん拍子でデビューが決まり、それから六年ほど小説を書いて暮らしている。決して楽な生活ではないけれど、年に二、三冊の文庫本を出すことでどうにかこうにか専業作家として生計を立てているのが現状だ。

ペンネームは本名の由来でもある誕生日をそのまま持ってきて、八月朔日。

こう書いて〝ホヅミ〟と読む。

旧暦の八月朔日は現在の九月中旬頃を指していたこともあり、稲の刈り取りが行われ、穂を摘む時期であったから〝ホヅミ〟と読まれるようになったんだとか、うんぬんかんぬん。

そして、僕の目の前で憎たらしくも可愛らしい笑みを浮かべているのは、担当編集である双夜シオさん。デビューの時からずっとお世話になっている唯一のお得意様にして、相棒にして、殺したいほど憎らしくもある敵役だ。

栗色（くりいろ）のふわふわとした長い髪。整った目鼻立ち。グラビアアイドル顔負けのスタイルをしていて、一見、人畜無害そうな笑顔を浮かべているけれど、仕事に関しては一切の妥協を許してくれない。鬼のように残酷で美しい才女なのである。

その双夜（ふたつや）担当が、おーい、なんて言いつつ机に突っ伏している僕の頭を突いてくる。

自己紹介（げんじつとうひ）を終えて気が落ち着いたのか、ようやく帰ってきた魂をかぷっと一呑（の）みにしながらちらりと顔をあげると、そこにははちきれんばかりに実った〝たわわ〟があった。

ジャイアントでグレイトなGカップだった。

触れたら程よい弾力で跳ね返されそうな。

それでいて吸い付いてきそうな。

思わず、視線がくぎ付けになる。

「あ！　まーた胸を見てる。ほんっとしょうがないな。この**童貞**は」

「ど、どどど、童貞ちゃうわ。あと、編集部でそんなこと大声で言わないでよ」

詰まりつつ、僕はやっぱりその魅惑の果実から目を離せない。

この男、童貞である。

「その反応はどう見たって童貞のそれでしょう。大丈夫。編集部全員、知ってるから。というか、ホヅミ先生、今、二十八よね。ヤバいわよ。魔法使いになっちゃうかも」

なにが楽しいのか、くすくすと笑い続ける双夜担当。

おい、笑いごとちゃうぞ。てか、編集部全員ってマジか。全員で僕を笑っているのか。どうする？　処す？　処す？　いや、まだ笑ってもらえる内が花なのかもしれない。

真顔で言われたら、お前を殺して、僕も死ぬ。

三十を過ぎて童貞だったら魔法が使えるようになるというのは、まことしやかに囁かれる都市伝説である。真偽のほどは定かでないが、結構な不名誉であることは間違いない。そして、彼女の言う通り、このままではあと少しで僕もその仲間入りを果たしてしまう。しかし、否。

断固として否を訴える。

僕はヤツらとは違う。

チャンスは、ここにっ、目の前にいいいぃいぃいっ、転がっているんだっ。

「心配するくらいなら、そのエロい体で童貞を捨てさせてくれよおおおぉぉぉ」

「じゃあ、早く百万部売れるような作品を書いてみせて。いつも言ってるじゃない。百万部売ったら、なんでもしてあげるって。それとも、私じゃ不満かしら、なんてね」

「ぐぬぬぬ」

そうなのだ。

この女。

デビュー当時からずっとそう言って、純粋無垢な僕をたぶらかしてきたのだ。

そして、かくも男という存在は女の乳に弱く、同時に性欲というものは人に与えられた最大の衝動であるということもあり、愛のままにわがままに、僕はっ！　あのっ！　Ｇカップを好きにしようとっ！

今日まで絶えず頑張ってきたのだった。

「いつも思うんだけど、百万部はちょっとハードル高すぎじゃない？」

ぶすっと不満を口にする。

業界最大手と名高いこのレーベルでさえ、数えるほどしか成し遂げた者がいない。ミリオン作家とは、選ばれた人間だけが名乗ることを許される至高の称号だ。

「そんなことないわ。不遜じゃなく、私の体にはそれくらいの価値があるもの。安売りはしない主義だし。先生と同期の音中(おとなか)先生なんて、もうすぐ三百万部よ。だから、ね！　ホヅミ先生も頑張って新しい作品にチャレンジしてみましょ！　先生の場合、百万部うんぬんよりも、童貞を捨てるよりも、とりあえず先に**もう一つの童貞**を捨てるところからスタートしなくちゃいけないんだから」

力強く口にされた、もう一つの童貞。

ああ、なんて嫌な響きだろう。

男としてこの世に生を受けた際に、我々は〝童貞〟というひどく卑屈な状態異常を背負わされる運命にあるのだが、作家という職業を経ると、あら、不思議。

同時にもう一つ同じような不名誉をその身に宿すことになる。

それこそが〝重版童貞〟である。

もともとは某有名出版社の名物編集が、デビューから一度も重版のかかっていない作家を指して使った言葉なんだとか。詳しくは知らないけど、要は重版未経験者。

重版とは、本が予定よりも売れて増刷される制度のこと。

つまりだ。君の書く本は追加で刷るほど売れてませんよ、ワロスワロス、と今、この担当は揶揄しているのだ。まあ、悲しいことに事実なんだけどさ。

この担当、やっぱ鬼だ。気遣いなんて微塵もない。どうせ鬼なら、虎柄ビキニでも着て、ダーリン、愛してるっちゃとかって言ってくれたらいいのに。そういうサービスはないんだもんな。それにしても、

「童貞の重版童貞、ねえ」

思わずぽつりと零してしまう。

それが悪かった。

言葉にすると急速に、今、自分の置かれている立場に現実感を得てしまうのだった。

二十八歳。

男としても、社会人としても一番美味しい時期だ。

なのに、この体たらく。ヤバいどころじゃない。もうここまできてしまったのなら、最高の

女で童貞を卒業しなくては割に合わない。つまり、百万部を売り上げて、この体だけは最高の女を抱かなければ、僕の人生に価値なんてない。そう、僕は童貞を拗らせていた。

慌てて上半身を起きあげた僕に、双夜担当はにっこりと笑った。

まるでそれを待っていたかのような妖艶な笑み。

髪をかきあげる仕草なんて本当にセクシーで、ふわりと甘い香りが漂ってくる。ああ、しまった。いつもこうなんだ。こうやって、手玉に取られる。

どうやら僕には学習能力なんて機能は備わっていないらしい。

「あら、やる気になった？　じゃあ、楽しい楽しい打ち合わせを始めましょうか」

天使の顔をした悪魔が、そこにいた。

六時間に及ぶ打ち合わせを終えて、少し早いけど担当と軽く食事をしてから家路に着く。

秋の木枯らしの中を、乾いて赤く染まった葉がチラチラと舞っていた。いくらか酒も入っているのに、少し寒い。腕をさする。

ふう、と胃の奥から吐き出した息はまだ白く色付かない。

それも、あとどのくらいだろう。

じきに冬はやってくる。

不意に、打ち合わせの時の双夜担当の声が蘇ってきた。

『ラブコメを書きましょう』

『なん、だと？』

寝耳に水だった。

デビューから五年。

僕はこれまで、ライトノベルの中でも一般文芸寄りの青春小説や恋愛小説を書いてきた。どれもヒット作には至らなかったが、それでも透明感溢れる文章が好きです、とか、目に浮かぶような情景描写が素敵でした、なんて感想をくれるファンも増えてきたところだった。次の作品も当然、同じ路線のつもりだった。そのつもりで企画を進めてきた。

なのに、このタイミングでラブコメ？

嘘だろ？

僕の強みが、これまで築いてきたものが、全く活かせないステージじゃないか。

『うははは。なにを寝ぼけたこと言ってるんだ。双夜担当らしくない。そもそも作風に合わない。ラブコメってシチュエーションとかキャラの魅力とかキャラ同士の掛け合いが重要な要素だろう。僕の作品は、そういうのを二の次にしたストーリー小説だぞ。わかってる？』

『そうね。でも、ホヅミ先生にはここで一度、自分の殻を破って欲しい。ううん。むしろ、破るべきだと私は思うの』

それでもなお渋っていると、あのね、と双夜担当がノートPCになにやらグラフを表示させた。どうやらこちらがすぐに了承しないのも織り込み済みだったらしい。

『これを見て。一つ一つは説明しないけど、こういうデータも出てるの。今、ライトノベルの読者が求めているのは、ご飯がすすむような美味しいシチュエーションと可愛いヒロイン。まず、この二つなわけ。それを踏まえた上で、さっきホヅミ先生が言ったことも含めて断言するわ。次にくるのは日常系ほのぼのラブコメブームよ。そして、ホヅミ先生のラブコメなら私は絶対に売れると思うの。チャレンジするのに、最高のタイミングなのよ。ねえ、先生。お願い。その童貞特有の拗らせに拗らせた妄想力で可愛い女子高生との甘々な日々を書いて。きっと重版されるわ。ＪＫで童貞を捨てるなんて、ほら、男の夢みたいなものじゃない』

『あのさあ、それは頼んでるわけ？　それとも、喧嘩を売ってる？　どっちなんだ。第一、僕は学生時代からボッチだったから、リアルで普通な女子高生なんて面白おかしく書けないし』

『もちろん、全力でお手伝いさせてもらうから。やる気を出してもらう為の〝秘密兵器〟だって、もう送っちゃってるのよ』

どうも話を聞いていると、書いてきた原稿をボツにしたのも僕にラブコメを書かせたいが為なような気がしてきた。

こうなったら、なにを言ったところで聞き入れてもらえないだろう。

仮に僕がどれほど素晴らしい作品を書きあげたとしても、担当にその気がなければ企画会議にすらかけてもらえない。

そして悲しいことに、僕はそのデータを覆すだけの実績をこれまであげてきていない。ね、考えるだけ考えてみて、なんて言われたが、結局、どうしたって頷くしかないのだった。

それでも僕は、まだ足を踏み出すことを躊躇していた。

少し時間が欲しい、とそう答えた。

「ラブコメなあ」

やっぱり声は色付かない。

「僕のこの五年はなんだったんだろうなあ」

少しだけ寂しいのは、寒さのせいだけじゃないはずだ。

随分と気が早く、すでにクリスマス模様になった煌びやかな駅前を抜け、アパートへと歩き続ける。中心市街地から遠くなるにつれて、明かりが少なくなっていく。

空には、凛と白銀の光を放つ満月が輝いていた。

その月の光を受けて、足元から長い影が伸びている。ふっと息を吹きかけた途端に、揺れて消えてしまいそうな頼りない影だった。まるで、今の僕のよう。これでは駄目だ。貧乏人に、腐ってる暇なんてない。

わかってる。

早々に百万部を売り上げて、あのＧカップにウフフなことをしてもらうのが目的であるなら、彼女の言葉に従うべきなんだ。夢の筆おろし。脱童貞。そのまま結婚。なんでもやるって言ってるんだから、遠慮なく一生面倒みてもらう。エンダァァ、イヤアアァァァ！

仕事なんてさ、それでいいじゃないか。

下らない感傷も、プライドも、全部捨ててしまえばいい。

ああ、頭ではちゃんとわかってるんだけどなあ。

でもさ、そんな簡単なもんでもないよな。

血反吐を吐いて積み重ねてきた五年という月日は、決して軽くない。

そんなことを考えながら歩いていると、やがて我が家が見えてきた。

大学卒業と同時に転がり込んでから、主に金銭的な余裕がなくて一度も引っ越ししていないオンボロの木造二階建てアパート。その一階部分の角部屋が僕の城だ。スペースの都合で、洗濯機なんかは外置き。

その雨風にさらされ続け、汚れに汚れた洗濯機の前になんかいた。泥棒か？

おい、と喉のところまできていた言葉が、しかし、急に止まったのはどうしてか。言葉尻は小さくなって、やがて夜の闇に溶けていく。

雲が途切れ、月の光がまるでスポットライトのように一人の女の子に注ぎ込まれたからだ。

真っ黒だった影が引いて、輪郭が露になる。世界と彼女とを隔てる境界線が、銀色に弾け、輝いていた。はっきり言おう。

見惚れてしまった。

そんなことは、二十八年の人生で初めてのことだった。

と、どうやらあっちも僕に気付いたらしい。

ゆっくりと振り向いた。

幼いながらも端正な顔立ち。艶やかな黒髪に白銀の光が触れて流れる。日の光を知らないみたいな白い肌に細く長いまつ毛の影が落ちている。纏った衣服は、処女雪のように真っ白なブレザー。二の腕のあたりに、見たことのない高校の校章が輝いていた。

すっかりと見惚れてしまった光景の中で、彼女だけが特別だった。

やがて、ビクッと少女の体が驚きで跳ねた。

「あ、あれ？」

思わずって感じの、可愛らしい声が響く。

どこか夏の風鈴を彷彿とさせる。

キンと響いて、空気の中にゆっくりと溶け込んでいくというか。

馴染むというか。

「もしかして、ホヅミ先生ですか？」

「そうだけど」

頷きつつ、内心、首を傾げる。

どうして、僕のことを知っているんだろう？　基本的に顔出しなんてしていないから、僕が作家の八月朔日だってことは限られた人しか知らないはずなんだけどな。

「君は？」

「えっと、そ、そのぉ」

そこで僕は、少女の手の中にあった荷物に気付いた。

こちらの視線を追うように、彼女の視線も荷物へ。

すいっとそれが僕の胸元へ差し出される。

「初めまして。これ、編集部からです」

「ああ、ありがとう」

言って、荷物を受け取る。

ん？　編集部？　その荷物を持ってきたってことは、もしかして彼女が双夜担当の言っていた秘密兵器ってことか？　そういえば、可愛い女子高生を書け、なんて言っていたっけ。バイトかなにかで雇ったのだろうか。にしても、可愛い顔してるなあ。

アルコールを入れているせいでぼうっとした意識のまま無遠慮に見ていると、

「ええっと」

少女がどこか居心地悪そうに体をよじった。

とにかく、聞いてみることにした。

「君が双夜担当の言っていた秘密兵器ってヤツ？　あの人、こういう手回しだけは本当に早いな。考える暇も与えてくれないのか」

「え？」

「双夜担当に雇われたバイトじゃないの？　新作の執筆に協力しろって言われてきたとか」

「あ、あー!!　はい。はい。そうです。バイトです。怪しいものとかじゃ全然ないです!!」

ややあって、こくんこくん、と少女が勢いよく頷く。

やっぱり、そうか。

「ふうん。で、なにができるの？」

「えっ？　えーっと……家事、手伝いとか。うん。そうです。たとえばー、そのぉ、ご飯を作ったり、とか？　洗濯をしたり、みたいな？　部屋の掃除も。ええ。得意なんです、家事」

「家事？　変わってるね。学生なのに。ふむ。ま、いいか。じゃあ、早速、明日からよろしく。とりあえず、部屋の掃除から頼んでもいいかな？　ここしばらく締め切り前で忙しかったから、散らかってるんだ」

言って、洗濯機の横に置いてある植木鉢に隠してあった合鍵を渡す。

「ほい、これ。合鍵ね。僕は多分、夕方まで寝てるから。勝手に入って、勝手にやって」

「え！　いいんですか？」

「別に盗まれて困るものもないし。双夜担当がわざわざ寄こしたんだ。君も相当優秀なんだろ。期待してる。じゃあ、お疲れ様。今日のところは帰っていいよ。僕もすぐに寝るしさ」

「あ、はい。お疲れ様でした」

ぺこりと頭を下げた少女の脇を抜けて、部屋の鍵を開ける。

ドアノブは冷えきっていて、手のひらが少し痛んだ。それを我慢して、扉のむこうへ。

――パタン。

閉じた部屋の中へと飛び込んだ僕の脳裏には、しかし、少女の顔が未だはっきりと残っていた。不意に思いたって、すぐにもう一度ドアを開ける。

彼女はまだそこに立ち尽くしていた。

「一個だけ聞くのを忘れてた。名前は？」

「ああ、えっと」

ささっと、少女は身だしなみを整えて、

「白花茉莉といいます」

とても嬉しそうに笑っていた。

白花茉莉くん、ね。

ちぃ、覚えた！

その名前は、不思議と僕の中へ自然に溶け込んでいった。まるで昔から知っていたかのような。そんなことないはずなのに。彼女も初めましてって言っていたし。

その奇妙な感覚を持て余しつつ、茉莉くんに告げる。

「じゃあ、おやすみ。茉莉くん」

「はい、おやすみなさい。ホヅミ先生」

やっぱり、耳に馴染むような不思議な声だった。

今なお、嬉しそうに笑って、胸のあたりで小さく手なんて振っている。

全く、なにがそんなに楽しいのやら。

苦笑しつつ今度こそドアに内側から鍵をかけて、水を一杯だけ飲む。

それから、編集部から届いた荷物の確認。

品名に書かれてある文字に顔をしかめて、開けないまま押し入れに突っ込んでおく。

ああ、ようやくだ。ようやく寝れる。原稿で徹夜続きだったから、三日ぶりの睡眠だ。外出着のまま、敷きっぱなしにしていた布団に膝からがくんと倒れ込んだ。

途端に、体の奥から次々と疲れが湧いて出た。アルコールが体中に巡ってきた感じがする。腕が重い。瞼の裏側がガンガンと痛んで、頭は靄がかかったように白くなっていく。

なんだか、やけに疲れたな。ほんと、疲れた。

そう思ったのと同時に、僕の手から意識がするりと離れていった。

あっという間に、眠りに落ちた。

トントン、と包丁がまな板を叩く規則正しい音がする。

遠くにあったその音が、次第に大きくなって、近付いてくる。

ああ、なんだかこの空気、懐かしいな。僕がまだ子供だった頃、それはいつも共にあった。

母親の気配とでもいうのかな。すんすんと鼻を鳴らすと漂ってくる香りは、味噌のものだろうか。ふんわりと柔らかくて、感情を包み込むように丸くしてくれる。

不意に胸の内に込みあがってきたなにかが、僕を夢の彼岸から現実へと引き戻す。

微かに開いた瞳に、光が射し込む。

濡れて霞む視界に、誰かの後ろ姿。

瞬きを、一回。二回。そのたびにピントが合って、輪郭がはっきりしていく。涙が一滴、頬をなぞって落ちる。手のひらでそれを拭う。熱さだけが少し残って、すぐに消えていった。

キッチンの上側にはめ込まれた擦りガラスは、すっかり夜の藍に沈んでいて。

時計の針は、もう七時を指している。

どうやら、丸一日寝てしまったらしい。

「誰、だ？」

口の中がすっかりと乾いて、変な声になった。

「あ、おはようございます。よっぽどお疲れだったんですね。もう夜ですよ」

ボリボリと後頭部を搔きつつ、上半身を起こす。

ついでに欠伸を一つ。

「ふわあああ。んーと、……誰？」

「先生、寝ぼけてます？」

僕は少々、寝起きに弱い。

「うん、多分、ばっちり寝ぼけてる」

えっと、覚えてますか、と見知らぬ少女がおずおずと言った。

制服にエプロンというどこかアンバランスな組み合わせなのに、なんというか彼女が放つ妙に所帯じみた雰囲気のせいでやけにこの空間に馴染んでいる。

僕が変に慌てずにすんでいるのも、多分、そのせい。

「昨日、言われた通り、掃除にきたんですけど。あと、すみません。冷蔵庫を開けて、ご飯の準備をさせてもらいました。もうすぐできますけど、どうしますか？」

尋ねられると、意識よりも早く体が反応した。

ぐうううぅぅ、っと。

エプロン姿の女子高生がくすくすと笑った。

「食べられるみたいですね」

会話をしていると、段々と意識がはっきりしてくる。

昨日は、ええっと、なんだ。そう。

新作の打ち合わせに編集部へいったんだ。

実に三ヶ月ぶりの打ち合わせだった。

プロットにＯＫが出てからも悩みに悩んでしまい、結果、難産だったけれど、満足のいく作品に仕あがった。これでいけると信じていた。けれど、結果は全ボツ。

で、ラブコメを書くように勧められた。

そんで、アパートに帰ったら彼女がいたんだ。

と、昨夜の光景が頭の中で急にふわりと浮かびあがった。

白銀の月明かりを一人占めしていた美しい少女。

名前は、確か――。

「思い出した。茉莉(まつり)くんだ、白花茉莉(しろはなまつり)くん」

「はい、そうです。白花茉莉(しろはなまつり)です」

そう言って、女子高生はわざとらしく敬礼なんてしていた。

僕がシャワーを浴びて脱衣所から出てくると、部屋はすっかりと片付いていた。

布団は綺麗に畳まれ、テーブルの上にはご飯に味噌汁、ほうれん草のおひたし。それから、日に干した布団のようにふわふわとした卵焼きが並んでいる。まるで朝食のような夕食。だが、それがいい。

再び腹がくうっと鳴った。

食料をせがむ腹を宥めつつ、部屋を見回す。

ここまで整理整頓されているのは、引っ越してきた直後ぶりくらいかもしれない。

床に重ねてあった本が、しっかりと本棚に収まっていた。僕は筆者のペンネームをあいうえお順で並べるようにしているのだが、そのルールもきちんと守られているようだ。

かつて執筆の資料として買った、拡声器とか、三角コーンとか、ダンベルとかは、邪魔にならないように部屋の隅へ。うんうん。いいね。いいよ。いい感じじゃん、などと余裕ぶって頷いていられたのも、しかし、ここまで。

「ぶふっ」

むせて、奇声をあげてしまう。

「ごほっ、ごほっ」

大丈夫ですか？　と茉莉くんが駆け寄ろうとしてくるが、大丈夫大丈夫いやマジで大丈夫だから、ちなみに、絶対、だいじょうぶだよ、は無敵の呪文、と限界レベルまで引きあげた早口で制す。全然、大丈夫じゃなかったけど。緊急事態宣言発令！

あるいはもう手遅れかもしれない。

うへえ、ヤバイヤバイ、ヤッバイ。

旧スクール水着を始めとするもろもろのコスプレ衣装も一緒に並べられているじゃないか。

せっかくさっぱりしたばかりだというのに、嫌な汗がダバダバと分泌される。あ、終わったって思ったね。マジで。通報されたら勝てる要素ゼロだもん。ニュースだとなんて紹介されるのかな？　無職？　それともラノベ作家？　同業者の皆様、風評被害喰らったらすみません。マスコミさん、どうしてすぐオタクを叩くん？

ちらりと視線をまずはスク水へ。

それから、茉莉くんへ。

僕の視線を茉莉くんもまた追っていたが、にへらと笑うばかりでなにかを言うような気配もない。これは、アウトか？　セーフか？

むむむ、わからん。

うかつに動けないから、とりあえず曖昧に笑っておく。

いや、通報されてないならいいんだけどさ。これ、飯食ってる間に、警察が突入してくるようなクソ展開とかないよな。マジで。あ、胃が痛い。マジ痛い。きゅーんってなる。

でも、問いただす勇気はないんだよなあ。

だって、説明を求められても上手く対応できる自信がないし。

なにを言っても、言い訳みたいになりそう。

玄関には、コンビニ弁当の空き箱でぱんぱんに膨らんだゴミ袋が二つ。

開け放たれた窓から、秋の夜の甘い空気が香ってきた。

金木犀かな。

アパートの隣に住むおじさんが育てているのだ。

カーテンが膨れるたびに、涼しげな風が火照った体を冷ましてくれる。ようやくきちんと呼吸ができたような気がした。よし、決めた。もう知らん。なにか言われたら、その時に対応しよう。諦めの呼吸、全集中。下手なこと言って藪蛇にでもなったら目も当てられないし。

とりあえず今は飯だ。

なに食わぬ顔をして、のそのそとテーブルの前に座る。

「……じゃ、いただきます」

「はい！　どうぞ！」

茉莉くんはテーブルに肘をついて、こちらを窺うようにニコニコと笑っている。

ちなみに、ご飯はすごく美味しかった。塩加減が絶妙なのだ。はぐっ。白飯を掻き込み、息つく間もなく卵焼きに箸を伸ばす。むぐむぐと咀嚼し、最後に味噌汁。ずずっ。美味いっ！

急に刺激された胃がもっと寄こせと叫んで、箸がすすむ。

「どうですか？」

「ん？　ああ、めちゃくちゃ美味しい。最高だよ」

「それはよかったです。あ、ご飯粒ついてますよ」

「どこ？」

「ここです」

言うが早いか、ひょいっと茉莉くんが手を伸ばしてくる。

彼女の長い爪の表面が口の端に微かに触れる。

ドキン、と心臓が一度だけ強く跳ねた。僕はなにもできなかった。そう、まるで童貞のように。いや、誰が童貞だよ。僕だよ。

なんてこっちが情けないくらい内心慌てている間に、茉莉くんは少しの逡巡もなく、ぱくりとそれを食べてしまった。

ん？　んん？

おっふ。そうですか、そうきますか。

この子、やりよる。

茉莉くんは無自覚で男を惚れさせてしまう魔性の女なのかな？

多分、学校だとスクールカースト上位グループ。本人は目立つタイプじゃないけど、クラスの女子を仕切るような女ボスにやたらと気に入られたりして。故に自身に高嶺の花の自覚はなく、その辺のモブ男にも優しく声をかけたりするんだろう。そうなんだろう。

ああ、双夜担当。あんたはなんて恐ろしいものを送り込んできたんだ。最終兵器女子高生。

こほん。一つだけ、叫ばせてもらってもよろしいか？

「やめろや、惚れてまうやろおおおぉぉぉ！」

いきなり立ちあがり、窓から叫んだ僕に、茉莉くんが目をパチパチと瞬かせる。

「あのう、どうかしましたか？」

「いや、なんでもない」

僕はそそくさと座りなおして、再び茶碗を手にした。

全く、僕だからこの程度の致命傷で済んだものの、これが同級生とかだったらどうなっていたかわからないぞ。僕たち陰キャは彼女たちが考えている何十倍もちょろいのだ。

そのなんの気ない仕草に、単純な馬鹿野郎たちはすぐに心をトキメかせる。

僕も学生時代、やたらと苦汁を飲まされたから知っている。

あれ、この子、僕のこと好きなんじゃない、とか挨拶されただけで思い込んじゃったりしてさ。ボディタッチなんてされようものなら、秒で彼女との結婚までの物語を組み立てたり。同じように誰かに声をかけていたら、嫉妬の視線を獣のように送ったものだ。でも、悲しいかな。リア充組に見返された途端に、日陰者はすぐに目を逸（そ）らしてしまうという習性がある。

　遠き日のことを思い出すと、口の中の米が少ししょっぱく感じた。

思い出はいつも、少し苦くて、ちょっぴりしょっぱい。

「おかわりはいかがですか？」

「あ、じゃあ、少し」

「わかりました」

碗（わん）を受け取った茉莉（まつり）くんは立ちあがり、ご飯をよそって、テテテと戻ってくる。

「はい、どうぞ」

「ありがとう」

ほかほかの湯気が立つご飯をもう一口放り、むしゃむしゃと咀嚼（そしゃく）してから呑（の）み込んだ。それから、尋ねた。

「というか、君は食べないの？」

「え？」

「それとも、もう食べたの？」

「わたしもご一緒していいんですか？」

茉莉くんは口を開けて、ぽかんと呆けていた。

「うん？　もちろん」

むしろ、悪い理由があるのだろうか。

ああ、でも、一応、バイト中だもんな。

僕なんかはそういうのを今までまともにやってこなかったからよく知らないんだけど、服務規程とか就業規則とかいろいろとややこしいものがあるのかもしれない。

なんて、ぼんやり思っていると、茉莉くんは少しだけ考えてから。

「じゃあ、次からはお言葉に甘えてもいいですか？　もちろん、材料費は負担しますので」

「そんなもの、編集部に経費でつけとけばいいよ。少しはむこうに金を払わせないと。知ってる？　双夜担当、昨日、僕の渾身の原稿を流し読みしただけで全ボツにしたんだよ。大体さ、全ボツって簡単に口にするけど、それ、僕にとっては三ヶ月間タダ働きしろって宣言されるのと同じだからね。おかしいだろ。そう思わない？　こっちはきちんと手順を踏んで、後でひっくり返されることのないようにプロットにＯＫもらってから書き始めたっていうのにさ」

「ええ、えーと。そう、です、ね？」

「出版社はもっと作家を大事にすべきだ」

もちろん、そんなことを直接言う勇気なんてない。

なぜか世間一般のイメージ的には作家とは編集者に高圧的で、原稿をなかなか提出せず彼らを振り回し続ける強い生き物だと思われがちだが、実際はそうではないのだ。いや、そういうタイプも世の中には確かにいるのだろうが、それが許されるのは一部の売れっ子だけ。

大多数の売れない作家たちは、むしろ弱いまである。

個人事業主である僕らは、彼女たちの機嫌を損ねてしまうと収入がなくなってしまうから。

でも、昨日のことを思い返したら、やっぱりなんだかイライラしてきた。仕方ないだろ。僕だって、感情のある人間だもの。

大体さ、三ヶ月だぞ。三ヶ月。

決して短い時間じゃない。準備期間や双夜(ふたつや)担当によるチェック待ちの時間も合わせたら半年だ。それらが数時間で消える。Manuscript/Requiem, Income/Zero, Poverty/stay night(原稿は全ボツに収入もなし貧乏、そのまま)しまいには、Romantic comedy/Grand Order(ラブコメを書け！)なんてことまで言い出す始末。

ふざけた話だ。

「先生は、その。担当さんのことがお嫌いなんですか？」

「そう聞こえた？」

「まあ、はい」

ふむっと考えながら、ご飯の残りを全部掻(か)き込んだ。

双夜(ふたつや)担当がこれまでにしでかした悪事を思い返す。

まず、打ち合わせのたびに言っていることが変わる。

前はこれでいいとか、こうしろとか言っていたくせに、こちらがその通りに話を進めると最後でちゃぶ台をひっくり返す。いや、それでいいって前、言ってたよね、という言葉を僕は何度呑み込んだだろう。言っていることが、すぐに二転三転するのだ。

次に、返事がやたらと遅い時がある。こちらが原稿を送ってから普通に一ヶ月とか二ヶ月とか放置ってのは社会人としてどうなのって、真剣に思うよね。そのくせ、ようやく連絡してきたかと思えば、明日までに返信が欲しいとか、それだけならまだしも、全ボツね、なんて平気で口にするんだよ？　信じられる？

で、たまーにこちらが遅れると、ここぞとばかりに、次は気をつけてくださいね、とか言うし。ボツにしたって、素晴らしい代替案を出してくれたらまだ納得するけど、それもないしさ。

あとはなによりも、あれだ。

指摘が厳しい。

思っていることをズバッと言うのだ。配慮なんて全くない。メンタル豆腐な作家なんて、自殺に追い込まれそうな勢いまである。はい、僕のことです。

某通販サイトにはびこる批評家きどりのレビュワーなんて、担当編集に比べたら可愛いもんさ。もちろん、あれはあれで悔しいし、一日泣いてしまうくらいには悲しいけれど。

ああ、えっと話が逸れた。

つまり、だから、担当のことを好きか嫌いかなんて尋ねられたら。僕は――。

ごくりといろんなものを呑み下して、

「うん。でも、嫌いじゃないんだよなあ、これが。自分でも馬鹿だとは思うけど、嫌いになんてなれない」

少なくともそう答える。

多分、百回聞かれたら百回。

千回尋ねられたら千回、同じ答えを口にするだろう。

いや、もう、本当に腹が立つことはこれだけじゃないんだ。

二言目には、やーい、童貞、なんていじってくるしさ。童貞のなにが悪い。誰にも迷惑かけてないだろ。あ、ここで親を出すのはやめてね。やめろ、ほんとにやめるんだっ。ええい、フリじゃない。これでも、いつか孫の顔は見せてやりたいって思ってるんだから。ちゃんと。

こんな風に、多くの作家は担当編集への不満を好きに書いていいと言われたら、喜んで文庫一冊分くらいの原稿を書きあげてしまえるはずだ。僕ならその十倍。百万字は軽くいける。

でも、それでも知っていることがある。

彼女たちは僕の本を面白いと信じてくれているし、広めたいと本気で思っていること。

売れなければ、僕以上に憤ってくれる。

見当違いの批評には、怒ってくれる。

多分、僕の知らないところでたくさんの人に頭を下げてくれてもいるんだろう。

そう、僕は知っている。

僕が書く本の為に、僕と同じくらい悩み、苦しみ、頑張ってくれる人がいることを。

それが、この執筆という孤独な作業において、どれだけ僕を救ってくれているかを。

ちゃんと知っている。

だから、どれだけボツを喰らおうと、童貞だと馬鹿にされようと、本当の意味で嫌いなんて口にできるはずがないんだ。

「こう見えて、割と感謝はしてる。あ、でもこれはオフレコで。双夜担当には内緒にしておいて。あの人、絶対に調子に乗るから」

「はい。わかりました」

どこか嬉しそうに茉莉くんが笑う。

「どうして嬉しそうなわけ？」

「いや、なんていうか」

「うん？」

「そのですね。言い回しが、すごくホヅミ先生らしいなって。あー、この人は本当にホヅミ先生なんだなあって実感しちゃって」

僕らしい？

こちらの表情で言いたいことに気付いたのか、茉莉くんは続けた。

「基本的にホヅミ先生の作品の主人公って、みんなツンデレなんですよね。悪態を吐きつつ、でも実は相手のことを大切に想ってる。あの子たちの原点みたいなものを、今、感じました」

「僕の作品、読んでくれてるの？」

「はい。先生のデビュー作を発売日に買ってもらってからずっと。最初のファン、です」

「そっか」

「次の作品も楽しみにしてます」

「あのさ、僕からも一つ聞いていい？」

「なんですか？」

「君は、もし。もしもの話だけど、僕が次に書く作品がさ。僕が今まで書いてきたものとは全然違う雰囲気の、そうだな、ラブコメ系の小説を書いたとしても読んでくれるのかな？」

「もちろんです。どんな作品でもわたしは好きになると思います。だって、その作品もホヅミ先生の中から出てきたものに変わりはないでしょう？」

「そっか。そうなんだ。ありがとう」

自分から聞いたくせに妙にくすぐったくなって、僕はそれを誤魔化す為に最後に残った茶を全部啜った。ああ、駄目だ。駄目。にやける。

口元を隠し、なんとか、ご馳走様、と言った。

お粗末様でした、と茉莉くんが食器を重ねて、台所に運んでいく。

それを横目に、早々とノートPCの電源を入れる。

パッと表示されたのは、僕のデビュー五周年を記念して、デビュー以来ずっとタッグを組んでいるイラストレーターがわざわざ描き下ろしてくれた一点物のイラスト。これまで出版してきた本の主人公とヒロインが結集した、とても手間と気持ちの籠ったものだ。

僕が手にした大切な、数少ない宝物の一つ。

こいつもこいつも、この子も。

全員、茉莉くんは知ってるのか。

そっか。だったら、彼女の言葉は信じてみてもいいのかもしれない。どんな話でも読んでみようと思ってもらえるのなら、少なくとも僕のこの五年はきちんと報われている。

すっかりと愚痴を吐き切ってしまったからか、あるいは別の理由からか。

今なら前へ進めそうな気がした。

九時を過ぎた頃、茉莉くんを駅まで送っていった。

秋の空は一段と高く、秋の星座が輝いていた。

昨日は疲れとアルコールと眠気でうっかりしていたが、さすがの僕といえど、それくらいの甲斐性はある。夜道を女の子一人で歩かせるわけにはいかない。

まあ、当の本人はやたらと恐縮していたけど。

仕方ないか。昨日会ったばかりだしね。むこうからしたら、取引先の社長みたいなもんだから、気を遣うってのもよくわかる。

でも、ずっとそのままでいられるわけにはいかない。ああ、わかってるよ。ただ家事手伝いをさせる為（ため）に、双夜（ふたつや）担当が茉莉（まつり）くんを雇ったわけじゃないってことくらい。女子高生との日常ほのぼのラブコメを書く参考資料なのだ。

それを踏まえた上で、あえて言わせて欲しいことが一つ。

茉莉（まつり）くんと別れ、しばらく歩いた後。

あたりに誰もいないことを確かめてから、僕は地面へ向けて大きな声で叫んだ。日本人に聞かれるのは嫌だけど、言葉の通じない人になら構わない。地球の裏側まで届けばいい。では、ブラジルのみなさーん。聞いてくださーい。

「これ。童貞（ぼく）にはちょおおおっと荷が重すぎるんじゃねーかなあああ！」

あー、すっきりした。

いやいや、実際のところ、女子高生ってのは僕にとって未知の生き物だ。なにを話したらいいか、全くわからんし。そもそもライトノベル作家なんてやってるのは、基本的に陰キャでオタクだったヤツがほとんどなわけで。もちろん、それは僕も同じなわけで。

実は、今日だって内心バクバクだった。

初日からこんなんだと、先が思いやられる。

だけど、まあ、いい子だよな。

家事はできるし、顔は可愛いし。素直だし。

なにより、僕の作品を全て読んでるってのがいい。


「『どんな作品でもわたしは好きになると思います』だって」


バチン、と頬を叩く。

気合を入れ直す。

いじける時間は、これでおしまい。

読者がそう言ってくれるのなら。

「よし、ラブコメ。本格的にチャレンジしてみようか」

秋の空に宣言した。

オリオンの輝きがゆっくりと夜空を走っていった。

第三話　作家と女子高生と買い物

Hodumi sensei to Matsuri kun to.

「ぬぬぬぅぅぅ」

うめく声だけが、狭い部屋に響く。

「ぬぬぬぅぅぅ」

ラブコメを書くことを決意してから、早くも一週間が過ぎようとしていた。

実にわかりやすく、僕はスランプに陥っていた。スランプを体全体で表現しているといっても過言じゃない。これはもう、一つの芸術と言ってもいいのではないか。芸術は爆発だ、と聞く。ラブコメでリア充を爆発させるより先に、僕の体が爆発してしまいそうですらある。え？　リア充、爆発しろ、はもう古いって？　ははっ、冗談を。……マジなの？

閑話休題。

やはり、これまでと勝手が違うというのがデカい。

僕が今まで発表した作品たちはどれも、現実に寄り添いながら現実ではありえないこと——たとえば、時間を逆行したり、幽霊が見えたり、人格が入れ替わったり——をエッセンスとして一滴垂らすというものだった。少し不思議な青春恋愛小説ってとこ。

それが同時に僕の作風にもなっていた。

ただ、今回に限り、その手法は使えない。

双夜担当の求めている現代風ラブコメになると、非現実的な設定は現在の多くのラノベ読者に嫌厭されるのだそう。

となると、別のところ——担当曰く、美味しいシチュエーションとか——で読者が食いつくようなフックを作らなくてはならない。作品の〝売り〟になるようなものを。

ひとまず現状で売れているラブコメの漫画やらラノベやらを片っ端から読んでみたが、いいアプローチの仕方はついぞ思いつかなかった。

「ぐぬぬぬぅぅぅ」

頭を抱えても駄目。

「ふぬぬぬぅぅぅ」

逆立ちしても駄目。

「んぬぬぬぅぅぅ」

腕立て伏せを連続でしてみても、当然、駄目。

出ない時はとことん出ないのだ。

いら立ちだけが募り、トントンと指先でテーブルの端っこを叩く。

「くそっ。思いつかない」

呟いて、書き進めていた数千字ほどの文字を一息で消す。僕の一週間がたったそれだけで消え失せる。真っ白なテキストファイルには、黒色のバーが一つだけ点滅し続けていた。

まあ、でも、スランプの時はいつだってこんなものだ。

小説の神様が降りてくるまで、もがいて、もがいて、もがき続けるしかない。

ごろんと背中から寝転がり、天井をぼうっと眺めた。

眠れない夜にするようにシミなんて数え始める。ひい、ふう、みい。あのシミ、人の顔みたいでちょっと怖いんだよな。三十を超えたあたりで、頭は空っぽになっていた。

仕方なく目を瞑ると、そこには暗闇があった。

小説を書いている時、精神はいつもその闇の中に在る。

僕らは、時間も方位もわからないまま、指針も持たずにさまよい続ける旅人だ。

運がよければどこかに辿り着くだろう。

けれど、大抵の場合、途中で野垂れ死んでしまう。

そして、仮に辿り着けたと思っていても、まだゴールじゃなかったりするもんだ。本当のゴールは、そこからさらに奥にある。小説という表現方法はどこまでも自由であるが故に、どこまでも果て無く広がっているのだった。

ほんと、小説家って呆れるほど馬鹿な職業だと思う。

と、テーブルの上に置いてあるスマホがブブッといきなり震えた。

ガサゴソと手探りで見つけて、掴み取る。

案の定、双夜担当からメッセージアプリで催促がきていた。

『お疲れ様です。進捗どう？』

『進捗、駄目です』

颯爽と打ち込んでから悩み、結局、一文字ずつきっちり消していく。

そんなの素直に打ってどうするよ、僕。

ほんと、どうしようかなあ。どうすればいいかなあ。誰か教えてくれないかなあ。くれないよなあ。知ってました。

スマホを放り投げ、世界を逆さまに眺めていたら、キッチンの上に嵌め込まれた擦りガラスから外の世界が透けて見えた。分厚い雲が光を遮断し、空気はどんよりとした灰色に染まっている。雨だ。

そういえば、今日、茉莉くんは食材の買い出しをしてからくるとかって言ってたっけ。

彼女は学校から直接この部屋にやってくるので、当然、カバンは持ったままだ。

どうも真面目な性格らしく、置き勉などせずに教科書ノートは全部持ち帰る派らしい。その様子が、不意に頭の中にはっきりと浮かんだ。

左手に荷物の詰まったスクールバッグで、右手には傘。

だとしたら、エコバッグはどうやって持つのだろう。

「……よし。迎えにいくか」

時計を見ると、ちょうど四時を過ぎたところだった。

今、部屋を出れば、駅で彼女を捕まえることができるはずだ。

逃げるわけじゃないよ？

……ほんとだって。

うんともすんとも言っていないスマホが、どうしてかこちらを睨んでいる気がしたけれど。

まあ、気分転換も必要だから、と聞かれてもいない言い訳を一つ零した。

改札から出てきた茉莉くんを見つけ、声をかけた。

ちょうどいいタイミングだった。

二人並んで、傘をさしつつ帰り道にあるスーパーへ。

駅からは徒歩十五分、僕の部屋からは徒歩五分の場所に位置するお店だ。

平日の夕方はおばさんたちで溢れ返っていて、僕のような三十手前の男や茉莉くんみたいな女子高生は他にいなかった。

僕がカートを押して、商品をカゴに入れるのは茉莉くんの役目。

んー、と顎に指を置いて実にわかりやすく茉莉くんは悩んでいた。

「なにか食べたいものはあります？　リクエストがないなら今日はハヤシライスにしようかなって思うんですけど」

「どうしてハヤシライス？」

「え？　だってお好きですよね」

「それは、うん。超好き」

「じゃあ、ハヤシライスでいいですか？」

「異論はないなあ」

「了解であります」

と、お菓子売り場を抜けようとした時、新商品のパッケージが目についた。

めちゃくちゃ体に悪そうなスナック菓子だった。つまりはめちゃくちゃ美味しそうだった。

ひょいっと手に取ってみる。

少し先を歩いていた茉莉くんが、テテテとこちらに駆け寄ってきた。

「せっかくだから他のおかずも少し多めに作っておこうかなあ。冷凍できるヤツ。そうしたら、朝とお昼もコンビニに頼らなくてすみますもんね」

「そこまでしてくれなくていいけど」

「駄目ですよ。コンビニの濃い味付けのものばかり食べてたら舌が馬鹿になっちゃいます。どうしようかな。ええっと、ホヅミ先生はこんにゃくが苦手なんですよね」

「ん？　ああ、そうなんだよ。あの見た目と食感がどうにも。って、あれ？　さっきも思ったんだけど、僕、好き嫌いとか言ったっけ？」

「いいえ？　ただ、小説の主人公たちがみんなそうだったから、そうなんだろうなあって思いまして。当たってますか？」

「うん。正解」

言いつつ、僕がお菓子の袋を一つカゴに入れたところで、それを手に取った茉莉くんが棚へと戻していった。

思わず顔を見る。

彼女はにっこりと笑っていた。

アルカイックスマイルってヤツだった。

「茉莉くんは家でも料理をよくするの？」

尋ねながら、再びチャレンジ。

が、辛くも失敗。

今度はカゴに入れることすらできずに、棚に戻された。

「……そうですね。小さい子がたくさんいるので、昔から手伝いはしてました」

「そうなんだ」

「先生は一人っ子でしたよね？」

「君はなんでも知ってるね。僕、そんなことまで書いてた？」

「あとがきに少しだけ」

あとがきにまで目を通してくれていて、なおかつ覚えてくれているのか。

不覚にもちょっとじんときた。

「君は本当にありがたい読者だよ」

「えへへへ。なにやら照れてしまいますね」

「僕だってそうさ」

「ところで」

「なに？」

「いい加減、諦めませんか？」

「君こそ」

僕たちはにこやかな会話を繰り広げつつも、さっきからずっとお菓子を買ってもらいたい子供とお菓子を食べさせたくない母親がやるような攻防戦を続けていたのだった。それこそ、お菓子売り場をいったりきたりし続けている。

「小説を書いてると小腹がすくんだ」

「それは日頃からちゃんとした食事をとっていないからです。わたしがきたからには、そんな心配はありません。だから、これも必要あ・り・ま・せ・ん」

「でも、ほら、今から帰って食事の準備をしてだと、一時間くらいかかるだろう」

「今から食べるつもりだったんですかっ。余計駄目です。夕ご飯が食べられなくなります」

「大丈夫だよ。これくらい」

「知ってますか？　空腹は最高のスパイスなんですよ」

「そんなスパイスなくても、茉莉くんの料理は美味しいから問題ないさ」

「くう。そんな甘い言葉を囁いても騙されませんから」

あれ？　この子、結構ちょろい？

押したらいけるんじゃないか？

「いや、もう本当に。世界で一番と言っても過言じゃないね」

「だったら、お菓子は必要ないですよね。わたしのご飯だけで十分なはずです」

はい、そんなわけなかったです。

と、ぎゃあぎゃあと幼稚なやり取りをしていたら、小さな男の子がじいっと僕たちを見ていることに気付いた。幼稚園くらいだろうか。少々目つきが悪い。はっきり言って、生意気そう。

それに気を取られている一瞬の隙を突いて、茉莉くんが僕から袋を奪い取り棚に返す。

むう。これで決着か。

僕の負け。

同時に、男の子の口が開いた。

「なあ」

「えっと、どうかしたのかな？」

僕は腰を下ろし、目線を少年の高さに合わせながら尋ねた。

小さい子供相手だと上から話されるだけで威圧的に感じてしまうんだとかって、なんかの小説で、昔、読んだ気がしたからだ。

以降、子供との会話の時はできるだけそうするように心がけている。

「あんたたちってバカップル？」

ん？　ん、んんんんん？

この子はいきなりなにを言ってるんだ？

思考が停止する。

「もう一回言ってみてくれる？」

「バカップルかって聞いたんだ」

「チガウヨ」

「じゃあ、どうしてこんなところでいちゃいちゃしてたんだ？」

「イチャツイテナンテイナイヨ」

「嘘(うそ)だあ。母ちゃんが言ってたぜ。人の目を気にせずにいちゃついてるのはバカップルってヤツだって。あんたはそんな風になるなよって。なあなあ、そうなんだろ」

まるで新種の虫でも見つけたような純粋で無垢でキラキラと輝いた瞳。

「……僕たち、いちゃついているように見えた？」

「うん」

子供だからだろうか。

女子高生も、社会人も、みんなひとくくりに大人に見えてしまうんだろう。きっと、そうだ。え、焦ってなんかいないって。これまでそういうイジリにちっとも縁がなかったからって、こんな小さな子供の言うことを真に受けてなんてないよ。当たり前じゃないか。

そうして必死に心を落ち着けている僕の隣にはしかし、トマトのように顔を赤くした女子高生が立っていた。

「茉莉くん？」

「え、あああ？　はい？　なんでしょう？」

「いや、なんでしょうじゃなくて、大丈夫？」

「もちろんですよ大丈夫です元気です」

「そう。元気ならいいんだ、元気なら」

「やっぱりそうじゃん。こういう時って、イチャツクナライエニカエレョ、でいいんだよな」

「ＲＰＧの呪文みたいな言い方だな。よその家の教育方針に口を出すべきじゃないけど、とりあえず君のお母さんがいろいろと拗らせていることはわかった」

子供まで産んでいるのに、未だこちら側の――カップルへの妬みと怒りに塗れた――人間だとは。多分、学生時代に相当な業を背負わされたに違いない。

ちなみに僕の業は五十三万です。どうして戦闘力とかの数値化って、いつの時代もこんなにオラの胸をワクワクさせるんだろう。はちゃめちゃが押し寄せてくる。

「違うのか？」

「ああ、違う。僕とこのお姉ちゃんは、えーっと、その。仕事でって言っても、説明が難しいし。だから、その、なんだ。そう、友達！　友達だからカップルじゃないんだ。わかる？」

「友達？」

「君にも女の子の友達がいて、普通に話したり、喧嘩したりするだろう。それと一緒」

「ふうん。そーなのか」

男の子はそれで納得したのか、おまけ入りのお菓子を一つだけ手に取って、トコトコといってしまった。なんだったんだ、一体。

僕も立ちあがり、そして言った。

「最近の子は、なんていうか、その。ませてるね」

「ですね。あー、びっくりしました。まさか、カップルに見られてるなんて。ああ、まだドキドキしてます」

それは僕も同じだった。

照れくさいけど、こんな美人が相手だと、まあ、悪い気はしない。

「それにしても、茉莉くんまで照れるなんて意外だったな」

「どうしてですか？」

「だって、君。モテるだろう？」

「……え？」

「まだ知り合ってからそんなに経ってないけどわかるよ。可愛いし、気遣いできるし。真面目で優しい。家事も得意。これだけ条件が揃っていたら、男が放っておくわけがない」

「は、ははは、はい？　なんですか、急に。そんな煽ててもお菓子は買いませんからね」

茉莉くんの顔の赤がさらに濃くなったことには気付いていたけど、構わず続けた。

「いやいやいや、本心だよ。ずっと思ってたんだ。茉莉くんはモテるだろうなって。だから、こういう、イジリみたいなのにも慣れてるものだと。てっきり。でも、そっか。違うのか」

「あ、ああ、いえ。そうですね。そういうのは確かにたくさんありますね。はい。けど」

茉莉くんは、呼吸を整えるように前髪をクシクシと捻りながら、

「その、やっぱりクラスメイトと噂されるのと、あの、なんて言えばいいんでしょうか。だから、ええっと、憧れの人と噂されるのは違うっていうか。照れるっていうか。戸惑うっていうか。嫌とかではもちろんないんですけど」

「そ、そうなんだ」

「はい」

僕もまた、茉莉くんのヤツがうつったみたいに顔が熱を持っていた。

あれ？　なんだろう、このふわふわタイム。甘い空気。僕、二十八年ほど生きてきたけど、こんなの知らないんですけどー？　いつの間にこうなった。

これ、どうするのが正解なんですかねえ。誰か教えて。しかし、教えてくれる都合のいい神様なんていないのである。

いつだって、自分の力でどうにかしなくちゃいけない。

どうにかって？

ううむ。

悩んだ末に、結論を下す。

よし、話を逸らそう。

こういうところでビシッと決められないのが童貞なんだよなあ。情けないね。

「買い物の続きをしようか。あとはなにを買うの？」

「そ、そうですね。ええっと、とりあえずお肉でしょうか」

「そっか、了解、肉ね、肉」

結局、スーパーを出るまで、僕たちはお互いの顔を直視できないままだった。

「お！」

スーパーを出ると、雨はすっかりとあがっていた。

分厚い雲の隙間から、光の筋が真っ直ぐに伸びている。

天使の梯子だ。宮沢賢治なんかは、光のパイプオルガンと表現したらしい。〝告別〟という詩だったか。昔、教科書で読んだっけ。覚えていた最後の数節を、口の中でそらんじた。

〝ちからのかぎり　そらいっぱいの　光でできたパイプオルガンを弾くがいゝ〟

羨ましいくらいすごい感性。今の僕からは、こんな表現、絶対に出てこない。これほどまでに自在に言葉を操れたら、どれだけ気持ちがいいだろう。物語が紡ぐ地平のむこうまで、きっと一息で跳んでいけるんだろうな。いつか僕もそんな風に在りたいと、強く願う。

雨あがりの空気は、どこか澄んでひんやりとしていた。

「じゃあ、いこうか」

「はい」

僕たちは肩を並べて歩き出した。

と、同時に茉莉くんが言った。

「ホヅミ先生。もしかしてなんですけど、〝季節〟シリーズのラストシーンってこんな風景をイメージして書いたりしました？」

〝季節〟シリーズとは、僕のデビュー作の総称だ。

春から夏、夏から秋、秋から冬を描いた全三巻。売り上げは悪くなかったらしいけど、見込んでいたよりも伸びなかったらしく、途中で打ち切りになってしまった作品の一つだ。

そのシリーズの最後、難病の手術を終えたヒロインは、主人公と共に病院の屋上で空を見あげるのだ。手術の結果についてはあえて明示せず、ずっと暗雲の中を進み続けた二人がようやく辿り着いた希望の象徴として、僕は確かに天使の梯子を選んだ。

「わたし、あのシーンすごく好きなんですよ。手術の結果は明示されてなかったですけど、雨あがりに雲が割れて、空が晴れて、光が射して。二人はちゃんと幸せになるんだろうなあって思えるから。……って、思いっきり語っちゃいましたけど、そういう解釈で合ってますか？」

「うん。合ってる」

いつしか、僕は必要以上に空の高いところへ視線を投げていた。

でなければ、瞳から零れ落ちそうなものがあったからだ。

胸の中で、あの黄金の光にも似た温もりがじんわりと広がっていく。

ここだけの話、〝季節〟シリーズの終わりは、きちんと文字で明示しなかったことで、読者から叩かれたことがあった。

僕としては段階を踏んで、しっかり説明をした上での比喩だったのだけれど、どうやら読み取れなかった人もいたらしい。最後がよくわからなかった、という文字と共に通販サイトで一番低い評価を付けられたりもした。もちろん、僕の力不足もあっただろう。それでも、その感想を見た時は悔しくて悔しくて、一晩中、泣いた。

だからこそ、今、誰かにちゃんと届いていたことがわかって、嬉しくて、嬉しかった。


本を書いていると、こういう瞬間がある。

気持ちとか、感情とか、本来、色も形もないものを、顔も知らない誰かと共有できる瞬間が。


もちろん、全部は無理だ。

それでも、一割とか二割とかでも、こうしてきちんと届くのなら、僕が見ていた景色を、想いを、同じ空の下にいる誰かと共有できるのなら、僕はそれを在り来たりに〝奇跡〟と謳おう。


「ありがとう」

「あれ？　今、どうしてわたしはお礼を言われたんですか？」

「嬉しかったから、かな」

「よくわかりません」

「大丈夫。それでいいんだ」

「そうなんですか？」

「うん」

「じゃあ、そのままにしておきますね」

角を曲がると、沈む夕陽(ゆうひ)のオレンジに染まった道が僕らの前に広がっていた。僕の肌も、茉莉(まつり)くんの肌も等しく茜色(あかねいろ)に染まった。

「綺麗(きれい)」

「もうすっかりと雨はあがったみたいだね」

「ですね」

「わざわざ迎えにくる必要もなかったかな」

「え？」

「これなら、君一人でも荷物を持てた」

今、茉莉(まつり)くんの右手は空いていた。僕の左手も空いていた。僕も茉莉(まつり)くんもそれぞれ折り畳み傘を持ってきていたので、カバンやバッグの中に収納してしまえたからだ。

ひらひらと空っぽの手を振る。

それを見た茉莉(まつり)くんが、ふむと笑った。

その長いまつ毛は太陽の光を受けて、キラキラと輝いていた。いや、まつ毛だけじゃない。雨の残した足跡が光を乱反射させて、彼女を囲う世界全てを輝かせていた。

「それなら、手を繋(つな)ぎましょう」

「はい？」

「さあ、さあ。はやくはやく」

なにがどうなれば、それなら、に繋がるのかはちっともわからなかったけれど、差し出された手を言われるがままに取る。

誰かと手を繋いだのなんて、いつぶりだろう。

小さくて、冷たくて、細くて、力加減を間違えたら、折れてしまいそうなそんな手だった。

心臓が、ドクンドクンと大きな音を立てて、血液を速く回していた。

「必要ないなんて言わないでくださいよ」

どこかいじけたみたいな声。

「わたし、ホヅミ先生と一緒に買い物ができてすごく嬉しかったんですから」

「そんなことが嬉しいの？」

「だって、ラブコメのワンシーンみたいじゃないですか」

その瞬間だった。

なにかが僕の中に落ちてきた。

それは衝動であり、刺激であり、驚きであり、ずっと探していたものだった。

どうやら僕は難しく考えすぎていたらしい。

多分、〝ラブコメ〟ってこんなのでいいんだ。特別なことなんてなにもいらない。君がいて、僕がいる。鼻歌なんか歌いながら、手を繋いで歩けばいい。

それだけでラブコメになるんだ。

だって、今、こんなにドキドキしてる。

この甘酸っぱい感傷こそが、きっとラブコメを書く上で一番大切なものだ。だったらさ、それを素直に真っ直ぐ書いてみるってのはどうだろう。……悪くないかもしれない。

僕と茉莉くんの影が、か細く繋がりながら伸びていく。

影と歩幅を合わせて歩いていく。

「茉莉くんの手は冷たいね」

「その分、心があったかいんですよ」

なるほどな、と思った。

その夜、僕は双夜担当にメールを送った。

夕方に届いたメッセージに返信する為だ。

定型のあいさつ文を打ち込んで、こう続ける。

『これで、いきたいと思います』

次いで、テキストファイルを添付。

新作ラブコメのプロットだ。プロットっていうのは、まあ、要するに小説の企画書とか設計図みたいなもの。これをもとに編集と作品のイメージを共有して、作家は小説を書く。

テーマは、〝青春を取り戻せ〟。

主人公は仕事もプライベートも冴えない二十八歳のサラリーマンで、ヒロインは優しく美しい女子高生。

そんな二人が、ふとしたきっかけで出会い、交流を深めていく物語。

主人公はこれまでろくに女の子と接する機会がなかったから、戸惑いつつ、それでもヒロインのいる日々に馴染んでいく。多分、二人は、今日の僕たちが過ごしたような時間と同じ瞬間を積み重ねていくのだろう。なんでもない、どこにだって転がっているものだけどさ。

それは案外と特別で、楽しいことのように、僕には思えた。

深夜の三時を過ぎた頃、返信があった。

ひどく短い文章だった。

それでも、思わず笑っていた。

『はい、これでいきましょう』

そして、僕はようやく一文字目を打ち始めた。

電話で呼び出されたのは、チェーンの居酒屋だった。

大きな町の駅前に、大抵、一つや二つ見かける系列のもの。そんな店だったし、待ち合わせ相手も気心の知れたヤツだったので、気楽な格好で出かけることにした。

ベージュのセーターに、ジョガーパンツ。

すいすい歩いて、指定された場所に向かう。

店の前には、スマホと睨(にら)めっこをしている見知った顔の男が一人。

どうやら先に着いていたらしい。

僕は、ザ・大学生という格好だというのに、むこうはきっちりとしたスーツだ。いつもそうだ。やっぱ、ダンヒルとかチェスター・バリーっしょ、みたいな感じ。革靴は、ブライトンだな。確か、好きだって言ってたし。眼鏡はオリバー・ゴールドスミス。

いつしか、そういうのを一瞥(いちべつ)するだけでわかるような年になっていた。

それでも僕はまだ、学生時代に買った服を着続けている。

「おっつ」

声をかけると、そいつは顔をあげた。

新人賞の同期である東健司だ。僕より四つほど年上で、執筆は趣味と割り切り、普段は外資系の企業に勤めている。バリバリ最強サラリーマンだった。

年収は、比べるまでもない。

小説の売り上げは僕と同程度だが、サラリーマンの収入だけで不自由なく暮らせるほど稼いでいるはずだ。そんなハイスペックマンなのに、天は二物も三物も与え、女子受けしそうな優しい目元に端正な顔立ちをしている。光に透けると少し明るく見える程度に染められた髪を、無造作にセットしていた。独特なデザインのドゥシャンのネクタイを上手く着こなしている。

僕はこういう陽のエネルギーを放つ人間が、はっきり言って得意じゃない。でも、今となってはその男が一番の友達になっているのだから、不思議な縁もあったもんだ。

僕とは正反対のリア充であり、つまりは敵認定してもいい条件は役満ばかりに揃っているにも拘らず、僕はこの男が好きだった。

「ごめん。待たせた？」

「いや、今、きたとこ。って、この会話、なんだかあれっぽいな。デーt」

「いや。待て、全部言わなくていい。想像するだけで、軽く死にそうになるから。さっさと入ろう。東の名前で予約してくれてるんだっけ？」

「ああ」

狭い階段をのぼって、二階へ。

自動ドアが開くと、チリンチリンと鈴が鳴った。

席に通され、僕らはそれぞれ好きな飲み物を注文する。

僕はビール。東(あずま)はハイボール。そのまま適当につまみを選ぶ。三百八十円のからあげに、千二百三十円の今日の刺身盛り合わせ。二百六十円の冷ややっこ。六百八十円のシーザーサラダ。一本百二十円の焼き鳥を、塩とタレで五本ずつ。とりあえず、そんなところか。

周りは学生ばかりで、騒がしかった。学祭の成功を祝って、かんぱーい、いえーい、という声が聞こえてくる。しかし聞き取れたのはそこまでで、それからは各々(おのおの)話し始めたのか、音が混ざり合い、ちっとも会話の内容を拾えない。

お通しと一緒にジョッキが届いたので、コツンと合わせて乾杯した。

喉が渇いていたせいか、とても美味(うま)くてグビグビと半分くらいまで一息で飲む。ジョッキから口を離すと、ふー、と思わず深い息が漏れた。

「あー、美味(うま)い」

「前、会ったのは二ヶ月前だっけ。そういえば、あの時書いてた原稿どうなった？　ほら、気合入れてるって言ってたのがあっただろう」

いただきます、と東(あずま)がきちんと手を合わせる。

こういうさりげない所作で育ちの違いを見せつけられるんだよな。僕も小さく、いただきますと口にしてから、割り箸をパキッと割った。

「あー、あれか、あれね、あれだよな。聞いてくれる？　書きあげた後に全ボツ食らった」

「マジ？」

「マジ」

「それはきついね。結構、ヘコんだんじゃない？」

「正直、死にそうだった。思い出すだけで泣きそう」

「泣け、今は泣いていい。僕が許す」

「東(あずま)はいいヤツだなあ」

もちろん本当に泣くわけもなく、お通しで出されたモツ煮を、まず、こんにゃくだけ取り除き口に運ぶ。長ネギのシャキッとした食感の後に、モツのクニクニとした歯応えがやってきた。もう随分と慣れ親しんだ味だ。

けれど咀嚼を始めてすぐに、あれ、と僕は首を傾げていた。

この店は前から東(あずま)とよくきていた。

そして、このお通しも何度だって食べた。

でも、なんだろう。

この妙な違和感は。

向かいに座る東を見てみるものの、しかし、彼はいつものように美味そうに食べている。僕の気のせいかな。とはいえ箸はそれ以上すすまず、仕方なくビールを飲むことにした。

「じゃあ、今は企画から練り直しな感じ？」

「いや、もう原稿書いてる。別のプロットにＯＫもらったから」

「相変わらず立ち直りが早いな。僕だったら、ひと月は書きたくないって思うけど」

「僕は専業だから、そうも言ってられないんだ。食っていかなくちゃいけないし」

「大変だよね、専業は」

「僕からしたら兼業の方が信じられないけど。昼間仕事して、休日と夜の時間だけで書くなんて正気の沙汰じゃない。しかも、東は家族サービスまでしなくちゃだろう」

東は、まあ、さっきも言った通りスペックが高いので、すでに家庭持ちだ。

なんでも、高校の頃からずっと付き合っていた女の子と大学卒業と同時に結婚して、今では娘も一人。それ、なんて王道ラブコメ？　はっきり言って超絶羨ましい。かつて僕が抱いた理想通りの生き方だ。

「まあね。そりゃ、大変な時もあるけど、どれも好きでやってることだからさ。それに、兼業なんて聞こえはいいけど、僕は結局、小説で食っていく覚悟が足りなかったんだよ。だから、ホヅミや音中ちゃんが頑張ってるのは素直にすごいって思う。あ、そういえばさ、音中ちゃんの彼方シリーズ、アニメセカンドシーズン決定だって。ＳＮＳで流れてた」

「……なん、だと？」

音中ウミは、僕や東の同期であり、一番の出世頭だ。

デビュー作である〝彼方に歌う〟は発売と同時にいきなり大好評を博して、コミカライズ、ドラマＣＤ、アニメ化ととんとん拍子に進んでいった。

現在は〝彼方〟シリーズのほかにも二つほど別シリーズも抱えており、それらも揃って順調に版を重ねていると聞く。〝彼方〟シリーズに至ってはアニメ化前にすでに累計百万部を突破していた正真正銘の〝ミリオン作家〟。今では確か、三百万部は売り上げてるとか。

と、長々とスペックを解説してみた——作家の悪い癖だ——けれど、音中ウミという人物は、本来、こんな風にたった一言で表せてしまえる。

天才、と。

なにせ新人賞を受賞したのが中学生の時。

現在ですら、まだ大学生なんだから。

「あ、やっぱり知らなかったんだね。ホヅミもいい加減、ＳＮＳくらい解禁したら？　読者と触れ合えるのはありがたいよ。流行りを摑んだり、情報を仕入れるのにも役立つし」

「嫌だ。僕はもうそういうのはやらない」

「本当に意地っ張りなんだから。いつまでいじけてるのさ。どうせ、まだファンレターとも向き合えてないんだろ」

苦笑いを浮かべる東(あずま)から顔を逸(そ)らし、ビールを呷(あお)る。

そこで、ふと気付いた。

「うるさいな。ん？　ということは、あれ？　今日はウミのお祝いってこと？」

「そうだよ。あ、音中(おとなか)ちゃんは遅れるから先に始めててくれってさっき連絡があった」

「じゃあ、どうしてこんなしけた居酒屋なんだっ。どうせなら僕は高級焼き肉がよかった」

作品がアニメ化を果たしたら、そのお祝いでアニメ化が決まった作家が同期に〝ご飯をおごる〟というのは、我がレーベルの先輩から脈々と受け継がれてきた伝統の一つ。

ちなみに、ウミのお祝いをするのはこれで三度目になる。

僕？　もちろん、おごったことなんて一度もないよ。うるさいな。僕だっておごれるなら、おごってみたいさ。その為(ため)にも、アニメ化はよはよ。オファー、お待ちしております。

「声が大きいっ！　ここ、店の中だよ。あと、いくら僕らよりも稼いでるからって、学生に高い飯をおごってもらうのは違うだろう」

「プライドじゃ飯は食えない」

「情けない、情けないよ、ホヅミ」

「別に。わたしは焼肉でもかまわないけど？」

そんな声と共にふっと光が遮られたかと思うと、そこに小柄な女の子が立っていた。

ぱっと見、中学生。

どう見たって茉莉くんよりも年下にしか思えない女の子。出会ってから六年以上も経つというのに、彼女の容姿は全然変わらない。胸も、背も。

髪型は前下がりのボブで、サイドだけ少し長めに伸ばしている。きりっとした目つきをしていて、黙っているとちょっとした威圧感があるものの怒っているわけじゃない。こういう顔なのだ。猫耳でもつけたら似合いそうな感じの微笑女、改め、美少女。

「あ、音中ちゃんお疲れ」

「おつかれ。ホヅミもひさしぶり。元気だった？」

「それなりに」

「すわって、いい？」

こてんと首を傾げるウミに席を空けてやる。ありがとう、と小さく告げて、ウミは僕の隣に腰を下ろした。

「飲み物は？」

「カシオレ」

「了解」

しばらくして、店員さんが慌ただしく追加注文した飲み物を運んできてから、改めてグラスを傾けた。ハイボールの入ったジョッキを片手に東が言う。

「じゃあ、主役の音中ちゃん、乾杯の音頭を」

「そういうの、わたし、むり。ホヅミがやって」

「いや、僕もそういうノリはどうも苦手で。東（あずま）。頼む」

「本当に君たちはしょうがないな。別に初対面ってわけじゃないのに。まあ、いいか。じゃあ。音中（おとなか）ウミ先生の彼方（かなた）シリーズ、アニメセカンドシーズンのヒットを祈願して」

「乾杯っ！」

「乾杯」

「かんぱい」

カツカツとグラスの端をぶつけて、それからもう一口ビールを飲んだ。黄金色の液体が、五（ご）臓六腑（ぞうろっぷ）に染（し）みわたる。くう、美味（うま）い。

「で？」

「なに？」

「いや、どうして遅れたのかなって。大学の講義かなんか？」

「ううん。ソシャゲ」

「ソシャゲ？」

「今日から、ハロウィンイベントだったの。限定キャラがなかなかあたらなくて、時間がかかった。ガチャをひくのに、コンビニからでられなかったから」

「えーと、課金てヤツ？」

「そう」

こくりと、ウミがカシスオレンジにちびちびと口をつけながら頷く。

僕なんかはスマホを連絡とか調べ物用のツールとしてしか使っていないのだが、世の中にはそれでゲームをしている人も多いと聞く。中には、生活が苦しくなるほど時間やお金をつぎ込む人もいるんだとか。

ウミも相当な金額を費やしているらしい。

「へえ、で、結局、欲しかったキャラは出たの？」

「うん」

「それは、よかった」

「でないなら、でるまでひけばいいだけ。確率がゼロじゃないなら、いつかでる」

どこか勝ち誇ったように、ウミが言う。

カシオレをちびっと飲んでピースサイン。

「ん？　んん？　そりゃそうだけど。ていうか、どのくらい引いたわけ？」

「六百連」

「わかんない。かかった金額で話して」

「一回、三百円だから、かける六百で十八万円くらい」

ジュウハチマンエン？　じゅうはちまんえん？　十八万円んんん？　マジかよ！

聞き間違いでなければ、僕の月の生活費よりもよっぽど高い。

「今回は、沼にはまった。いつもなら七十連くらいででるのに」

「あ、東ぁ～～」

「みなまで言うな。気持ちはわかるけど、稼いだお金をどう使おうと個人の自由だ。僕たちが口を出すことじゃない」

思わず泣きそうになって親友の名を呼ぶも、ふるふると諦めたように首を振られるだけ。ちくしょう。これが格差社会ってヤツなのか。

悔しかったので、次のおかわりからはビールのグレードを一つあげようと心に決めた。

社会人二人が女子大生にしっかりとご馳走になってから、店を出る。夜風が頬を撫でた。アルコールで火照っていたから気持ちよかった。秋の空は高く、丸いお月様が爛々と輝いている。

「ご馳走様でした」

店を出るとすぐに、僕と東の二人で頭を下げた。

端から見たら、なんの集団だろう、なんて不思議がられるかもしれない。片やフリーターみたいな格好の男。片やブランド物で身を固めた男。

それが中学生くらいの女の子に頭を下げているんだから。

「べつにいい。わたしも、今日はたのしかった」

「これからどうする？」

時間は十時。もう一軒くらい付き合ってもいいし、解散にしてもいい頃合いだった。パチンと東が顔の前で手を合わせた。

「ごめん。僕はこれで失礼するよ。家に家族を待たせてるし、明日も仕事だ」

「謝ることじゃない。今日は幹事ご苦労様。また飲もう」

「ああ、じゃあ、また」

そう言って、帰っていった。

となると、僕らも解散かな。

「ウミはバスだっけ。バス停まで送っていこうか」

「ほんと？」

「ああ」

「うれしい」

ほわっと笑う。まるで春の空気みたいだ。温かくて、丸っこい。ウミは無表情がデフォルトなので、こういうのは案外と珍しい。

思わず、ドキッとしてしまう。

「じゃあ、いこう」

「うん」

「今日は久しぶりにたくさん話したなあ」

「ホヅミとは、そうだね」

「東とは違うわけ？」

「東くんとは、ＳＮＳでたまにやりとりしてるから」

　肩で風を切るようにして歩いた。

　この辺だと、僕が住んでいる町なんかとは違って夜でもお店のライトでキラキラと輝いている。闇の中にいくつもの光が浮かびあがり、酒に酔った人たちが気持ちよさそうに揺れていた。

　しばらく歩いたところで、ウミが言った。

「ねえ。ホヅミはもう、ＳＮＳ、しないの？」

「ああ、しないね」

「どうして？」

「別に理由はないけど」

「東くんから前にきいたよ。ホヅミがＳＮＳをしなくなったのは、わたしのせいだって」

「……別にウミのせいじゃない。僕がそういうのに向いてなかっただけ」

　そう。誰が悪いわけじゃない。

　あるいは、僕に力がないことが理由の全てなのかもしれない。

実は、僕だってデビュー当時にSNSのアカウントを作成したことがあった。何人かの読者と交流したりもした。東の言う通り、感想をもらえるのは励みになったし、嬉しかった。

でも、デビューからひと月とかふた月が経った、ある日。

なんとなくネットで自分のペンネームとか作品名を検索するという超危険行為――エゴサーチ――をしていると見てしまったんだ。

僕の作品の読者とウミの作品の読者が言い争っているのを。

同じ出版社の同じ賞を同時期に受賞したということで、比べられることが多かったってわけだ。人の数だけ価値観はあるし、僕の作品を嫌いだと切り捨てる人がいることは――残念だけど――しょうがないと思っている。どんなに優れた作品にだってアンチはいるものだし。

けれど、その言い争いの内容が、なんというか僕には耐えられなかった。

ウミの読者は、僕の作品の欠点を挙げ連ねていった。読みにくい。表現が気持ち悪い。序盤の展開が遅い。主人公に感情移入ができない。ヒロインが、昔、振られた元カノにちょっと似てるから嫌だ。キャラの言動がキザったらしくてイタい。エトセトラ。

やっぱりしょうがないとは思う。

僕とはきっと感性や価値観が違うのだ。

ただ、僕の作品の読者は丁寧にその一つ一つに応えていった。わたしはこう思う。この表現がいいんだ。序盤は最後まで読めば、きちんと伏線になっているから必要だ。あなたの元カノについては流石に知らないです。

　こんな風に丁寧に説明しても、しかし相手は聞き入れてくれなかった。

　多分、ウミの読者は誰かを言葉でねじ伏せるのが好きなタイプだったんだろう。討論が目的じゃなくて、言葉の槌で自分より弱い人を殴るのが好きなだけ。

　実際のところ、僕の作品の出来なんてどうでもいいんだ。

　決定打になったのは、ウミの作品のファンが発した一言だった。


『でも、〝季節〟シリーズは全然売れなかったじゃないか』


　僕の作品の読者は、そこでなにも言い返せなくなった。

　それが、まぎれもない現実だったからだ。

　呆然とした。

　結局、僕の作品を支持してくれた読者は、アカウントを消してしまった。

　SNSで僕にとても真摯な感想を送ってくれた人だった。続きを楽しみにしています。読んだらまた感想をお送りしますね、と言ってくれた人だった。

　一方、ウミの読者は、勝ち誇っていた。

　やっぱり俺が正しい、だってあいつは言い返せず逃げたんだから、なんて言っていたっけ。

悔しくて、悔しかった。

だけど、僕だって言い返せない。

以降、僕はSNSを見るのをやめた。

「本当に？　わたしのせいじゃない？」

「当たり前だろ」

「そう。それなら、いい。ね。次は、いつにする？」

「ん？　なにが？」

「ご飯。ホヅミ、焼き肉がたべたいっていってた。わたし、またおごるよ？」

その言葉に悪意はないんだろう。

そういう女の子だ。

ただ純粋に僕を気遣ってくれている。でも、わかんないんだろうな。それが僕にとってどれほど悔しいことなのかって。

SNSの件もあって、正直に言うと、僕はウミを思いっきりライバル視していた。もちろん、ウミのことは好きだ。ウミの作品だって本当に面白いと思う。売れてくれて嬉しい。それでも。

誰よりも面白い話を書いたから、どんな作品よりもたくさんの人に読まれて欲しい。

その願いは、作家としての抑えがたい本能だ。

理性でどうこうできるものじゃなかった。

　ふう、と白く凍る息を吐いて、いいか、と告げた。

　僕は、僕の、ちっぽけな自尊心を守る為(ため)に宣言しなくちゃいけなかった。ライバルだから。

　それが仮に、一方通行の片思いだとしても。

「次は僕がおごる番だ。見てろ。次の作品はそっこーでアニメ化を決めて、売り上げでウミを越してやるから」

　これでもデビュー当時は少しくらいうぬぼれたりしたんだ。

　けど、そんな仮初の自信なんてすぐに砕け散った。

　よくバトル漫画なんかで、力の差がありすぎて敵の強さがわからない、って描写がある。主人公が強くなるにつれて、段々と敵と自分の力の差を認識するようになるあれだ。

　それと似たようなものかもしれない。

　小説を書き、賞を取り、本を出して、僕はようやく、自分の選んだ道がそういう場所なのだと知った。僕の戦場には、天才しかいない。

　きっと、東(あずま)は才能とか器とかキャパシティとかを理解できる聡(さと)い人種だったんだろう。

　そして、ウミは天才に埋もれることのない、突出した才能を持っていた。

　僕はそのどちらでもなかった。

　だから、こつこつ積みあげていくしかない。

　でも、それのなにが悪い。

才能がなくても、必死になって積みあげていったら、いつか天才たちと同じ景色が見れるかもしれない。そう信じてなにが悪い。そうだろう。

「わかった」

ウミはこくりと頷いた。

「未来でまってるね」

「うん。すぐいく。走っていく」

今はまだ、ライバルが笑って受け流せるだけの軽い宣戦布告。僕の挑発は、ウミに怯えも焦りも与えることはできない。それでも。

これが、今の僕の精いっぱいだった。

次の日は茉莉くんがやってきた。

彼女は、月・水・金の夕方からと、たまに土日にも顔を出してくれる。その日は、体育祭の準備やらでいつもより一時間遅かった。

僕は前日の飲み会の後、日がのぼるまで原稿を書き進めていたので、それでもまだ布団に包まっていた。

仕事の時間を自由に調整できる。自営業はこういう時、便利だ。

「すみません。お腹空いてますよね。すぐに夕食の準備をします」

慌てながらエプロンを纏いキッチンに立つ女子高生を、ぼうっと眺めた。僕が横になっているせいか、位置的にお尻のあたりに視線が固定される。スカート丈は膝の少し上くらい。下品ではなく、かといってダサくもない、絶妙なところだった。

女子高生のああいうセンスってどこで磨かれるんだろう。

ああ、別に女の子限定ってわけじゃないか。

男でも、学生服の着崩し方が絶妙なヤツがいたっけ。

大抵、スクールカースト上位の人間だった。そう言えば、学生の時も不思議に思ったんだ。彼らと僕は、なにが違うんだろう、と。大学入試の小難しい積分の答えはすらすらと導き出せるのに、今になっても学生服の格好いい着方は謎のままだ。

それだけじゃない。

他にも、眉の整え方とかワックスのつけ方。ダサくない私服の買い方。美容室ややけになれなれしいセレクトショップの店員との会話の続け方。

世界は、未だ多くの謎に包まれている。

綺麗な足に目がいったところで、茉莉くんが僕を呼んだ。

「先生、どこを見てるんです？」

「別にどこも見てないけど」

嘘(うそ)を吐きつつ、実はまだ彼女の足に見入ったりしている。きれいな膝の裏だ。皮膚が薄くて、男のものとは全然違う。透き通るように白いのだ。

「一つだけ言っておきますけど、女の子はそういう男の人の視線に敏感ですよ。大体、視線の先がどこに向かってるのかわかります」

「じゃあ、問題。今、僕はどこを見てる？」

「さっきまでは足でしたけど、今はシャツに透けている下着のラインを見ています」

まるで今日の献立を告げるみたいに、淡々と茉莉(まつり)くんは告げる。

わあ、正解。

女子高生(チルドレン)は絶対可憐(かれん)なエスパーらしい。

「……シャワー浴びてくるネ」

「はい。いってらっしゃい」

僕はようやく、のそのそと布団(ふとん)から脱出した。

シャワーを浴びて、体から完全に眠気を追い出してテーブルに着く。ほかほかと湯気を立てる出来立ての食事が二人分、そこには並べられていた。

「いただきます」

二人、同じように口にして、ご飯を掻き込む。

はぐっ。米が立っている。今日は、豚肉の生姜焼きだった。味付けが濃くなりがちなメニューだけれど、くどくないベストな加減だった。タレをチョンと白飯に垂らして、肉に齧り付く。その後、白米。生姜焼き。白米。エンドレス素敵コンボ。ああ、美味い。

味噌汁をずずっと啜ると、体の芯があったかくなって落ち着く。

そこで、ようやく気付いた。

昨日、居酒屋のお通しに感じた違和感の正体。

料理がおかしかったわけでなく、僕の味覚が変わっていたのだ。

最近に至っては、茉莉くんがやってこない日でも作り置きしてくれている料理をレンジでチンして食べていた。

すっかりと茉莉くんの家庭的な手料理に躾けられた僕の舌は、大衆居酒屋で提供されるような濃い味付けされた料理を受け付けなくなっていたってわけだ。

やばいなあ。

これ、胃袋を摑まれたようなもんじゃないか。

むむう、と唸っていると、茉莉くんが心配そうに、どうしましたって顔を曇らせた。

「美味しくなかったですか？」

「いや、逆」

　正直に答えることにした。

「美味しくて困ってる」

　言うと、茉莉くんは、ぷっと噴出した。

　くすくすと笑っている。

「美味しくて困るってどういうことですか」

「ほら、食べすぎると困るじゃない。太ったりとか」

「大丈夫ですよ。ちゃんとカロリーも計算してますから。多少食べすぎても、そう簡単には太りません」

「あとは、コンビニの弁当とかが舌に合わなくなって食べられなくなる。いや、これは本当に困った。茉莉くんのご飯しか美味しく食べられないなんて」

「じゃあ、仕方がないですから、責任をとって、わたしがずっと作ってあげなくちゃですね」

　まるでプロポーズみたいなことを言う。

　いや、本人にそのつもりはないんだろうけどさ。

「毎朝、僕に味噌汁を作ってくれるってこと？」

「……それじゃあ、プロポーズですよ。あ、おかわり食べますか？」

　さらりと受け流される。

　完璧な大人の対応。

にっこりと笑って、茉莉（まつり）くんは僕に手を差し出した。

まあ、当たり前か。というか、よく考えてみると、半分冗談とはいえ、女子高生にプロポーズまがいのことを口にするおっさんは気持ち悪すぎるな。うん。

こうして流してくれて助かったのかもしれない。

「ああ、うん。食べる。お願いします」

「よそってきますね」

そうして、なんともなしに茉莉（まつり）くんが立ちあがり、キッチンの方へいってしまったから、僕は最後まで気付かなかった。

僕らの他愛ないやり取りの後に、彼女がどんな顔をしていたのかを。

顔を太陽のように真っ赤にして、深呼吸を繰り返していたことも。

くしくしと顔を隠すように前髪を引っ張っていることも。

僕はぜーんぶ知らず。

ただ、おかわりのご飯を楽しみに待っていた。

「茉莉（まつり）くん、まだー？」

「え、ああ、はい。ちょっとだけ待ってください。熱くって」

なにが熱いのかを彼女は口にしないまま。

だから、僕はふうんと唸（うな）って、大人しく席に座っていた。

第五話 作家と女子高生とおかえり

Hodumi sensei to Matsuri kun to.

その日はいつもより早く目が覚めて、午前中から小説を読みふけった。

なかなか僕好みの本だったのでやる気が溢れて、午後からの原稿はすらすらと進んだ。

たまにこういう日がある。太陽がのぼるように、川が流れていくように、自然に文字が綴られていく。

物語は序盤を抜け、いよいよ中盤へ。

二人での日々に主人公とヒロインが慣れてきたあたりだ。

ここらで一つ、山場が欲しいところだけど。

二人の距離が一歩くらい縮まるようななにか。

さて、と。

キーボードを叩く手を休め、頭の中にいる登場人物たちに問いかけてみる。なあ、君たちはどうしたい、と。彼らはそんなもんいらない、と揃って顔をしかめた。

まあ、そうだよな。

進んで厄介ごとなんて背負いたくないわな。

僕が彼らの立場だったら、同じように顔をしかめるだろう。しかし、作者としてはそういうわけにもいかない。物語は起伏が大事。

そんなわけで――。

彼らをどうしようかな。

煮ようか、焼こうか。

なんて悪魔のようなことで、うんうんと頭を悩ませていると、腹が、減った。

昼飯もろくに食べずに仕事をしていたせいだ。

すっかりと冷えてしまったインスタントのさして美味くもないコーヒーに口をつけつつ、時計を見やるともう五時前になっていた。あと少ししたら、茉莉くんがやってくる。

夕飯前のこのタイミングに間食でもしようものなら、茉莉くんは怒るだろうな。ああ、違うか。拗ねるのかな。怒られるより、そっちの方がずっと辛いや。

でも、それはそれとしてお腹はすいた。

雑念というハサミが、集中力の糸をぷつりと切ってしまう。

……しょうがない。気分転換に外の空気でも吸ってくるか。

思い立つと同時に腰をあげ、カーディガンを羽織り、玄関で靴を履いていた時だった。僕が触れる前にガチャリと音がして、ドアノブがひとりでに回った。びっくりした。

だから、多分、こんなことを口にしてしまったんだと思う。

「おかえり」

「え？　あ、はい。ただいま」

制服姿の女子高生はぽかんとしていた。

ライトブルーのエコバッグが妙に所帯じみて見えた。

「なにをしているんですか？」

「いや、集中できないから散歩でもしてこようかなと思って」

「はあ。そうなんですか」

異様で微妙な空気。

漫画なんかでよくある、寝ぼけて学校の先生をお母さんと呼んでしまったというシチュエーションが思い浮かんだ。実際にやったことはないけど、あれもこういう気まずい雰囲気が流れるだろうな、となんとなく実感する。

「というか、ふふ。先生、今。おかえりって」

「いや、違う。違うから。ちゃんとわかってる」

指摘されると、思わず頬が熱を持つ。

もうすっかりと馴染(なじ)んでしまったせいでつい忘れそうになるけれど、茉莉(まつり)くんが僕の部屋に通っているのはあくまでバイト。双夜(ふたつや)担当が僕の原稿の為(ため)に送り込んだ秘密兵器なのだ。

家に帰ってきたわけじゃない。

まだ、仕事中。

ただ、彼女は学校帰りにそのままうちにやってくるものだから、ついぽろっと零してしまっただけ。

そう、ちゃんとわかってる。

けれど、焦る僕とは対照的に、茉莉くんは優しく笑ったままだった。

「いいですよね。おかえりって」

「え？」

僕の脇をするりと抜け、茉莉くんはローファーを脱ぎ、部屋の中へ。

その足取りは軽く、トントンとまるで雨音のように心地よいリズムが響く。僕は玄関に腰掛けたまま、振り向いた。

彼女のいる空間が、もうすっかりと馴染んでしまっていた。

「どういうこと？」

「だって、他人には絶対に使わない言葉じゃないですか。家族とか、恋人とか。そういう特別近しい人にしか言わない言葉ですよね、それって。やっぱり嬉しくなりますよ」

「嬉しいの、君」

「はい」

「なんというか」

「はい？」

「変わってるね」

僕の言葉に、茉莉くんは呆れたように口を開いた。

「先生がそれを言います？」

「え？　僕、変わってる？」

「気付いてなかったんですか？」

「え、ちょっと待って待って。それはガチのヤツ？　からかってるとかではなく？」

「本当に気付いてないんですか？」

「その声のトーンはガチのヤツだ」

ええー、僕、変わってる？

自分では至極真面目で真っ当な人間だと思っているんだけど。

いや、でも確かに。小説家なんて仕事をしている人間はみんな、大体どこかおかしい。であるなら、その一員である僕もおかしいのかもしれない。マジで？

「大体ですね。普通の人の家には、スクール水着もメイド服もナースとかバニーなんてものも、ぜーんぶ置いてないですよ」

「あ、それ、ズルい。ズルいぞ。それを今持ち出す？」

「むしろ、今まで見て見ぬふりをしていたわたしを褒めて欲しいくらいです」

「あのお。茉莉くん。いや。茉莉さん。その件につきましては――」

僕は思いっきり下手に出ることにした。

仕方ないだろう。まだ捕まりたくないもん。まだってなんだ。まだって。今後も捕まる予定はないぞ。

必要があらば、地球の裏まで逃げる覚悟だ。

こういう時、小説家って超便利。

書くものさえあれば、どこにいても仕事ができるんだもんなあ。

「わかってます。誰にも言ってません。というか、言えませんよ」

「なら、いいんだけど。これからも引き続き黙っているように!!」

「いきなりの強気っ⁉」

当たり前じゃないか。

黙っているというなら、こちらのものだ。

「あ、でも」

と、茉莉くんは台所に買ってきたばかりの食材を並べて、それから僕がテーブルに置きっぱなしにしていたマグカップを流しに運びつつ言った。

「黙っていて欲しいなら、一つお願いを聞いてもらってもいいですか？」

「わかったよ。いくら欲しいんだ？」

無条件降伏とばかりにポケットから財布を取り出す。中には、二百九十三円しか残ってなかった。それで足りるかな。足りるわけないよね。わかってました。

「一応、言っておきますが、お金じゃないですよ」

「え？　じゃあ、欲しいのは体？」

新品未使用でプレミアム付きのこの体が欲しいなんて。

茉莉くんも言う言う。

しかし、僕が腕で体を抱く仕草をすると、茉莉くんの目がしらーっと今まで見たことないくらい細ーくなった。

そのまま彼女は機械的にスマホを取り出す。

「もしもし、警察ですか？」

「待ったー。タイムタイム。ナチュラルに通報しないで！　それはシャレにならない」

靴を脱ぎ棄て、茉莉くんのもとへ慌てて駆け寄る。

「はっ。あまりのしんどさに、つい」

「つい、で通報しないで欲しい」

「むう。でも、今のはホヅミ先生が悪いんですよ」

茉莉くんが、ぷくっと可愛らしく頬を膨らませた。

「はい。反省してます。それで、なにが望みなの。金ならないよ」

「すぐに財布を取り出したのに？」

「思ったよりも入ってなかった」

多分、茉莉くんの財布の中身より少ないと思う。

最近、買い物関係については、ほぼほぼ茉莉くんに任せてあるので、お金を下ろすタイミングがなかったのだ。

ちなみに、茉莉くんには月初めに前もって必要な額のお金を渡してある。食費プラス雑費で三万円。それで三食きちんとした食事がとれるのだから、茉莉様々だった。

しょぼんと項垂れる僕に、茉莉くんが言った。

「さっきも言いましたけど、別にお金じゃないですから。そんなに落ち込まなくても」

「じゃあ、なにをすればいいのかな？」

「えっと、改めて言うのは少し恥ずかしいんですけど」

「うん？」

「おかえり、と言ってもらっていいですか？」

「おかえり」

「今じゃないです」

「……どういうこと？」

「だから、えっと、その。今後、わたしがこの部屋にくるじゃないですか？　それで、その時に、さっきみたいに、おかえりって言って出迎えてくれませんか？」

「そんなのでいいの？」

「いいえ、違います。それがいいんです。駄目ですか？」

いきなりの上目遣いに、胸が摑まれたように痛む。

なにこれ、不整脈？　病院にいかなくちゃ、みたいな展開はありません。僕は鈍感系主人公ではないので、大人しく認めます。うっかりトキメいてしまいました。あぁ～心がぴょんぴょんするんじゃあ～。

「いや、全然。じゃあ、帰る時は、いってらっしゃい、か」

「え？」

「あれ？　そういうことじゃなかった？」

尋ねると、茉莉くんがすごい勢いでぶんぶんと首を横に振った。

「そういうことです」

なにやらすごい熱心なご様子。

思わず圧倒されてしまう。

「じゃあ、そういうことで」

「はい。よろしくお願いします」

すっかりと機嫌をよくした茉莉くんは、少し前に流行ったラブソングを小さく歌いながら、そのまま夕飯の準備を始めた。

僕はといえば、もう散歩にいく気にもなれず。

いや、違うな。散歩するよりも、このなぜだか上機嫌になった女子高生を見ていた方が面白いと思ったから、ノートPCの前に戻って腰を下ろし、その背中を眺めることにしたのだ。

茉莉くんは手を洗う前に、いつもは二つに結っている髪を一つの束に縛った。いわゆるポニーテールだ。慣れたもので、数秒でぱぱっと出来あがる。

こうするだけで、イメージが随分と変わる。

いつもより少しだけ大人な雰囲気で、あと真面目な感じ。

顕わになったうなじが眩しい。

「今日の夕ご飯はなに？」

「挽肉が安かったので、ハンバーグです。あとは作り置き用にポトフを用意しておきますので、明日にでも温めなおして食べてくださいね」

「ポトフってすごいね。面倒なんじゃないの？」

実家でだって作ってもらった記憶がない。

「下ごしらえをすませたら煮るだけなので、そうでもないですよ。一緒に作ってみます？」

「え、うん。じゃあ」

「ええ!?　本当にやるんですか？」

「もちろん。なにかおかしい？」

「おかしくはないですけど、急にどうしたのかなって。今まで一回もそういうことなかったじゃないですか」

「僕だってやろうと思えば料理できるんだぞってところを見せつけてやろうと思って」

「先生、料理できないですよね？」

「ん、なっ。根拠のない誹謗中傷はやめて欲しいね」

「初めて部屋にあがらせてもらった時、台所に料理をしたような痕跡が全くありませんでした。冷蔵庫にあった食材も実家から送られてきたものですよね？　段ボール、そのままでしたし」

「しまった。バレてた」

「……どうしてすぐにわかるような嘘をつくんですか。それで、本音は？」

「ヒロインと料理をするシーンの参考にしたいから。これも取材の一環だよ」

「ああ、なるほど。ん？　でも、じゃあ、どうして見栄を張ったりしたんです？」

「なんとなく」

　だって、二十八にもなってまともに料理できないってなんか格好悪いじゃん。とはいえ、見栄を張ったせいでよけい格好悪くなってしまったってことは、この際、置いておく。

「まあ、いいです。そういうことなら、一緒に作ってみましょうか」

誘われるように、茉莉くんの隣へ。

少し視線の高い位置から見る至近距離のエプロン姿の女子高生は、なかなかどうして胸にくるものがあった。谷間が確認できるわけではないけど胸のふくらみはわかるし、うなじも近くからはっきり見えるし。なにやらいい匂いもするし。

控えめに言って、最の高。

「先生、どこ見てるんですか？」

「いや、別に」

目線を逸らす僕と、じいっと僕を睨む茉莉くん。

「はあ。胸は見なくていいですから、まずはその豚肉をタコ糸で縛ってください」

「了解です、シェフ」

「よろしい」

どこか得意げに、茉莉くんが胸を張る。

ドヤ顔、可愛い。

おかえりとか、いってらっしゃいとか、こうして肩を並べて二人で料理をするとか。まるで、家族ごっこでもしているような感じ。

なんというか、ひどくむずがゆいけど、でも悪くはないな。

そこで、ふと気付く。

多分、今、僕と茉莉くんとの距離が一歩近付いた。

僕が物語の登場人物たちに求めた一歩だ。

なるほどね、こういうものでいいのか。

「おかえり、ね」

反復すると、舌の上にじんとした甘い痺れが残った。そんなことを口にしたのは、一体、いつぶりりだろう。一人暮らしだと言う機会が確かにないし。

「え？　なんです？」

「なんでもないよ。で、次はどうすればいい？」

茉莉くんの指示に従って、手を動かす。

美味しく調理できるといいな、と柄にもなくそんなことを祈っていた。

第六話　作家と女子高生とテスト勉強

Hodumi sensei to Matsuri kun to.

暦が十二月に入ると、季節は一気に冬へと流れていった。赤が印象的な秋から、灰色の世界へ。窓の外を見ているだけで、なんというか、こう、寒い。

テーブルの上には随分と古くなった型のノートPCと、マグカップが二つ。そして、最近、高校のテキストが並ぶようになった。

体育祭などの秋のイベントを終え、学生たちにはいよいよ期末テストが近付いてきたらしい。

「勉強で忙しかったら、テスト終わるまでバイト休んでもいいよ？」

「はい。すみませんが、テスト期間中は顔を出せないと思います。ご飯はいくらか作り置きしておきますので」

「うん。助かる。ありがとう」

茉莉(まつり)くんが垂れてきた髪を、すっと耳にかけた。

その間も視線はテキストに落とされている。が、一向に進んでいない。三行を書いて、三行を消して。うんうんと悩んでいるご様子。まるで僕の原稿のよう。

そう思えたら、見て見ぬ振りができなくなった。

「あのさ。それ、二次関数のグラフの問題だろう。まず、この x^2 の係数でくくってみなよ」

キーボードを打つ手を止め、とん、と指先でノートに書かれた数式を叩く。

「えっと、こうですか？」

「うん。で、君が悩んでるのはここだね。次は、x の係数の半分の二乗を足してから――」

茉莉くんは、素直に僕の指示に従い式を変形させていった。

「よし、そこまできたらゴールは見えた。あとは、さっき足した数字を使って、かっこの二乗の式を作る。最後に中かっこを展開すれば出来あがり。ほら、その値でグラフを書いて」

単純な問題なので、仕組みさえ理解していれば二分で解けてしまえる。

導き出された答えとテキストに書かれてある回答を見比べながら、はーっと感心したように茉莉くんが息を吐いた。

「ホヅミ先生、勉強できるんですね」

「これ、すごく基礎的な問題じゃない。勉強できる内に入らないよ。まあ、でも勉強は得意だったかな。学生時代、他にやることなくて、ずっとやってたから」

「ちなみにですが、大学は……」

「K大の経済学部卒」

「めちゃくちゃ有名大学じゃないですかっ⁉」

「だから、言ったじゃない。勉強は得意だったたって」

「もしかして、英語も得意だったりします？」

「そうだなあ。専門の論文だったら辞書なしで読んだり書いたりするくらいはできるかな。観光程度なら困らないくらいの日常会話は取得してる。ＴＯＥＩＣは何点だったか。最後に受けた時は、もう何年も前だけど、確か九百点は越えてたと思う」

「えー、ズルいです」

ぶうと茉莉（まつり）くんが唇を尖（とが）らせた。

「ズルいってなにが？」

「先生、勉強ができるそぶりなんて、今まで一度も見せてくれなかったじゃないですか」

「だって、こんなの全然威張れることじゃないもの」

本当に大したことじゃない。

いくら実力テストで学年三位に入ろうと、そんなことより友人の輪に気軽に入れる人たちの方が僕にはずっとすごく見えた。すらすらと英語の構文をそらんじるより、友達と何気ない会話を続ける方がずっと難しいように思えた。

僕が学生の頃やっきになって稼いだテストの点や内申点は社会に出た途端に無価値になるけど、学生時代に作った友人たちは生涯を通して輝き続ける。

勉強したことが無駄だったとは言わない。

でも、やっぱりもっと大事なことがあったんじゃないかって思う。

「勉強は楽だよ。やったらやっただけ確実に成果が出るし、なにより最初から答えが出ることを前提に問題が作成されている。社会に出ると、そういう問題だけじゃないしさ。むしろ、答えなんてない難問の方が多いくらい」

「そういうことを、さらっと言うのがズルいです。調子が狂っちゃいます。いつものちょっと変な先生を返してください。こんなの、わたしの知ってるホヅミ先生じゃない‼」

「ひどいことを言うね⁉　最近、僕の扱いひどくない？」

「でも、本当に不思議ですよね。ホヅミ先生、顔もよくて、頭もよくて。性格は、まあ、アレですけど、悪くはないじゃないですか？　それで、どうして童貞なんです？」

「多分、僕が思うに悪いのは社会だ。僕じゃない」

「わお、とっても駄目男なセリフ」

「ところで、やっぱり女子高生って童貞って嫌いなものなの？」

「んー、どうでしょう。わたしは気にしませんけど」

はあ、天使かよ。天は人の上に人を造らず、人の下に人を造らず。そんな精神の下、平等に全ての男を優しく包み込んでくれる大天使マツリエル様がここにご降臨なされた。拝んでおこ。

つーか、僕らが思ってたより女子って気にしないもんなのかな。

よかったぁ、これで女子高生も怖くない。

「そ、そうなんだ♪　ふーん。へぇ（歓喜）」

「でも、友達の何人かは親の仇ってくらい憎んでますね」

「そ、そうなんだ↷　ふーん。へぇ（絶望）」

「捕まえたら、火あぶりにするとかって言ってました」

やっぱり、女子高生、超怖いじゃねぇぇぇかあああぁぁ。

なに、魔女狩りなの？

僕ら、女じゃないけどさ。三十路過ぎの童貞は魔法使いへとクラスチェンジしてしまうから、その前に殺っとけって話なの？

これは、僕もいよいよ命を狙われる前にさっさと童貞を卒業しなくちゃいけないな。まずは重版、コミカライズ、アニメ化、百万部突破。エンダァァア、イヤアアアアァァ！

「先生、また馬鹿なこと考えてません？」

「カンガエテイナイヨ」

「ちなみにですけど、その雄たけびの元ネタって実際には別れを歌った曲らしいですよ」

「え？　声に出てた？　どこから？」

「はあ。やっぱり性格がアレだからなのかな」

頭痛でもしたのか、頭を抱える茉莉くん。

と、そろそろこの話題にも飽きてきたので、いい加減流れを切り替えることにした。

「それで？」

「え？　なにがですか？」

「いや、なにがですか、じゃなくてさ。英語、どこがわからないの？　ひっかかってるところがあるんでしょ？　教えてあげるよ」

「いいんですか？　お仕事の邪魔じゃないですか？」

「まあ、息抜きにもなるし」

言うと、ぱあっと茉莉(まつり)くんの顔が輝いた。

スクールバッグからテキストとノートを取り出している。

ノートをぱらっとめくってみただけで、しっかり勉強していることがわかる。

難しい単語の下には辞書で調べたのであろう訳が書き込まれているし、長文のあちこちには息継ぎのタイミングで斜線が引かれている。きちんと声に出して読んでいるというわけだ。

なにより、英文の訳し方がいい。

勉強のできない子だと、ただ単語の意味を当(あ)て嵌(は)めただけになってしまう。

He said hello then he started to introduce himself. 〝I'm James who is 16 years old. Apple is my favorite food.〟
I hope I'll get along with him from now on.

自己紹介を始めた時、彼は、こんにちは、と言った。〝僕は、十六歳のジェームズです。好きな食べ物はリンゴです。〟

わたしは、今後、彼と仲良くなることを望んでいます。

ひどいものだと、こんな感じ。

でも、英語を学問ではなく言語だと理解している人はそんな風には訳さない。

もっと流ちょうな日本語にする。

その点、茉莉(まつり)くんは花丸だった。

こんにちは、と彼は告げて、自己紹介をしてくれた。名前はジェームズで、年は十六歳。好きな食べ物はリンゴなのだそう。

これから、仲良くなれるといいな。

頭の中できちんと情景を思い浮かべながら、自分のセリフのように訳せている。

テストの点はどちらも同じかもしれないけど、洋書を読んだり、実際に英語で会話したりする時に、この違いはかなり大きい。

「ふうん。見た感じ、結構理解していると思うけど」

「ここの構文が難しくて。時制がズレてたりするので」

「ああ、仮定法か。面倒だからって構文をそのまま暗記しちゃう人も多いよね」

「わかりますか？」

「これくらいなら、なんとか」

教科書に載ってあった練習問題を二人で一つ一つ解いていく。

最初はシャーペンのノックボタンを顎に押し当て、うんうんと悩んでいた茉莉（まつり）くんだったけど、ひとたび仕組みを理解してしまえば、あとはもう僕の手助けはいらなかった。

手を止めることなく、応用問題までばっちり解き終えてしまった。

気付けば、九時前。

茉莉（まつり）くんの帰る時間になっていた。

「終わりましたー」

うーん、と気持ちよさそうに体を伸ばす茉莉（まつり）くん。

「ありがとうございます。ホヅミ先生のおかげです」

「そんなことないと思うけど。最後らへんは一人で解いてたじゃない」

「ホヅミ先生の教え方がよかったからですよ。わかりやすかったです、本当に」

「うん。茉莉（まつり）くんもよく頑張りました」

そして、なんにも考えずポンと茉莉くんの頭を撫でる。さらり、さらり。上等な絹を思わせる素晴らしい触り心地がした。

「うえっ！　ホ、ホヅミ先生」

「なに？」

「さすがにそれはちょっと、恥ずかしいです」

ぽしょぽしょと小さく呟きながら、茉莉くんの顔が朱に染まっていく。

それを見て、僕は自分がなにをしでかしたのかようやく理解した。

ぱっと、頭から手を離す。

「あーっと。ごめん。つい」

「嫌なわけではないんですけど、その」

「うん。その、ほんと、ごめん。悪気はないんだ。訴えないで」

ズバババと距離を置いて、土下座。

こういうのがセクハラになったりするんだろう。わざとやってるセクハラはいいけど、無意識のヤツはどうしてか良心が痛む。

茉莉くんは少しだけ俯いて、僕が触れたせいでくしゃっと乱れた髪をくしくしと手櫛で整えていた。そのせいで、顔はよく見えない。

「いえ、訴えたりとかはしないんですけど」

やっぱり、ぽつりと小さな声だけがこだました。

「でも、あのっ。また、勉強教えてもらってもいいですか?」

「ああ、うん。いつでもどうぞ」

こくんこくんと僕は何度も頷(うなず)いた。

それから、テストが終わるまでの十日間。

僕は茉莉(まつり)くんの家庭教師になった。

「もうすぐ年末ですね」

「だねえ」

僕たちはこたつに入って、茉莉(まつり)くんが買ってきたみかんを食べながらのんびりしていた。今日はやる気が全く起きないので、執筆行はお休み。

テレビには、若い子の間で流行しているというお笑い芸人が映っていた。ボケる、突っ込む。笑いが起きる。ぼんやりとその様子を眺める。

みかんの白い筋はラテン語で〝アルベド〟っていうらしいよ、格好いいよね、という僕がここぞとばかりに披露した豆知識を、そうなんですねーと茉莉(まつり)くんは笑顔で受け流した。

もう少しかまって欲しい。

しかし、そんな気持ちの悪いことを口にするわけにもいかず、僕は茉莉くんが剝いてくれたみかんをまた一つ口に放った。果実独特の甘さが口いっぱいに広がっていった。

みかんで茉莉くんの指先が黄色くなり始めた頃、

「ホヅミ先生。そういえば、期末テストなんですけど」

そういえば、なんて付けていたけれど、最初からタイミングを見計らっていたかのように聞こえた。こくんと、僕は口の中のみかんを呑み下した。

「今までで一番成績がよかったです。ありがとうございました」

「そりゃ、よかった。でも、それは茉莉くんが頑張ったからだよ。前に言っただろう。勉強はやった分だけ成果が出るって。つまり、君が頑張ったからこその成果さ」

「だけど、わたしは感謝しています。なので、こんなものを作ってきたんですけど」

そう言って茉莉くんがカバンから取り出したのは、綺麗に包装されたカップケーキだった。冷めてはいるけれど、見ただけでわかる見事な焼き色は、素直に美味しそうと思わせた。

「食べていただけますか？」

「もちろん。喜んで食べさせてもらうよ」

と、包装を解こうとしたところで、今は口の中がミカンの甘さでいっぱいになっていることに気付いた。

「コーヒー、入れてもらえる？」

「わかりました」

テレビをそのままぼんやりと見ていると、やがてコーヒーの香りが漂ってきた。茉莉くんがやってきてから、インスタントではなく本物のコーヒーを飲む機会が増えた。

なんでも、彼女の住む家の近くに生豆を好みに応じてローストしてくれる喫茶店があるらしく、そのお店で時々の気分に合わせた豆を買ってくるのだった。

全然、香りが違うんです、とは茉莉くんの談。

気が付くと、目の前には白いカップが置かれていた。

「熱いから気を付けて飲んでくださいね」

「いただきます」

香りを楽しみ、ほんの少し口に含む。

「あ、今回のは結構酸っぱいね」

「浅煎りなので、酸味が強いんですよね。苦手でしたか？」

「いいや。美味しい」

腐っても小説家なのだからもっと豊かな表現をするべきだろうとは思いつつ、そんな言葉しか出てこなかった。いやね、そりゃ、やろうと思えば、いくらでも方法はあるさ。酸味にだって種類や濃さがあるわけなんだし。

でも、そういう面倒な作業を重ねれば重ねるだけ、物事の本質から遠ざかってしまう気がする。


きっと、本当に美味しいものを口にした時、人は美味しいとしか言えなくなるんだと思う。

そんなことを考えつつ、カップに注がれた黒い液体の表面を眺めていた。

白い湯気が立ちのぼり、やがて消えていく。

少し冷えた頃にもう一度口をつけると、舌触りが変わっていた。

不思議と、味の深みと香りが増したような。

茉莉くんが珍しく緊張した面持ちでこちらを見ている。

僕はようやくカップケーキを齧った。ふわっとした歯ごたえの後にやってくる優しい甘さは手作り独特の味だった。ああ、やっぱりだ。

さっき立てたばかりの仮説が補強される。

僕はそのカップケーキを持ったまま、にっこりと笑って、茉莉くんに言った。

「うん。美味しいよ、これ」

「よかったです」

どこかホッとしたように茉莉くんも笑い、コーヒーの入ったカップに口をつけていた。

第七話

作家と担当とクリスマスイブ

Hodumi sensei to Matsuri kun to.

その電話はクリスマスイブの前日、十二月二十三日にかかってきた。

数日前には編集部主催による作家陣の忘年会が開かれ、そこで東やウミと、今年一年の間にあったあれやこれやを酒の力を借りて忘れることに成功した。あれこれっていうのは、まあ、本当にあれこれだ。担当への恨み言。出版不況の現実。売れない文庫本。少子高齢化問題、地球温暖化。最後の二つは嘘です、もちろん。

年末年始くらいはゆっくりさせてあげたいので、茉莉くんにも学校が始まるまで顔を出さなくていいと言ってある。編集部も忘年会とほとんど同時に仕事納めに入ると言うし、せっかくの冬休みにバイトをさせるのも忍びない。

とはいえ、こちらの仕事は待ってくれないものである。

「さて、と。今日も一日がんばるぞい！」

僕は残り少ないカレンダーにバツ印を刻んで、今日も健気にキーボードを叩き続けていた。

と、床に置いてあったスマホが震え出したので、手探りで見つけ耳に押し当てる。通話の相手は確認するまでもない。

「原稿ならまだできてないから」

「まあ、残念」

くすくすとくすぐったい笑い声が聞こえてくる。電話の相手は案の定、双夜担当だった。

というか、僕のスマホに電話をかけてくる相手は九割、彼女だ。

「忘年会の時に、進捗は伝えているはずだけど？」

「あら、そうだったかしら？　まあ、いいじゃない。それで、初稿はいつ頃あがりそう？」

「わからん。キャラクターに聞いてよ」

「それは無理。だって、その子たちと会話ができるのは、世界中でホヅミ先生だけだもの」

あ、あああああ、もー、なんっつー殺し文句。

嫌味のつもりで吐いた一言に、とてつもなく重いカウンターを放たれた。

そんなこと言われた日には、もうね。作家として頑張らなくちゃいけなくなる。我ながら、呆れるくらい単純だ。

「できるだけ早めに。そうだな。多分、一月中にはある程度形になると思う」

「了解しました。じゃあ、先にＰＯＰ☆コーン先生の予定を押さえておいていいかしら？」

「今回もイラストを頼めるの？　今、アニメ化作品だけで二本くらい抱えてなかったっけ？」

「ええ、でも、これまでずっとお願いしてきたって経緯もあるし、お声がけしなくちゃ失礼でしょう。それとも、ホヅミ先生はPOP☆コーン先生じゃ嫌かしら？」

「とんでもない。むしろ僕にはもったいないくらいの相手だよ」

「あら、そういう言い方は応援してくれるファンの人に失礼だわ。みんな、ホヅミ先生の作品が好きで応援してくれているのに。もちろん、POP☆コーン先生もその中の一人なのよ」

POP☆コーンというのはもちろん映画館なんかでよく口にするお菓子の名称なんかではなく、僕のデビュー作〝季節〟シリーズからずっと小説のイラストを担当してくれているイラストレーターのペンネームだ。

長いこと同人の方で活動をしていた人らしく、彼女の商業デビューは僕の〝季節〟シリーズなんだとか。それでも、この五年で僕と彼女の認知度は随分と広がっていた。

その繊細な筆遣いであっという間にスターダムまで駆けあがっていった彼女は、二十代半ばにして、もうすっかり業界有数のヒットメーカーとして定着している。

「本当にぃ？　義理じゃなくて？」

「そんなことで嘘はつかないわ。だって、POP☆コーン先生から直々に、今後もずっとホヅミ先生の作品のお手伝いをさせて欲しいって言われてるもの」

そう言われると、普通に照れる。

目の前にいたら、うっかり結婚しようとかプロポーズをしてしまうまである。

「まあ、じゃあ、うん。お願いできそうなら、頼んで欲しい。あ、でも、本当に無理はさせないように。体を壊されたら元も子もないしさ」

「はいはい。ちゃんとホヅミ先生が心配していたって伝えておくわ。きっと逆に張り切っちゃうと思うけど」

「なんでさ？」

「あらあら、まあまあ。そこを尋ねちゃうの。そういうところよね。君がモテないのは」

「ああ？　なんで今、急に僕は喧嘩（けんか）を売られたわけ？」

「本当にそういうところよ」

そういうところってどういうとこだよ。わけわからん。

「鈍感主人公が許されるのはラノベの中だけってことなんだけど。ま、いいわ。私が口を出すところじゃないし。じゃあ、お仕事のお話はこれでおしまいね。ホヅミ先生、今年も一年間、お世話になりました。来年もどうぞよろしくお願いします」

改めてこんな風に挨拶されると調子が狂う。

「え？　ああ。いや、こちらこそ」

「さて、ところで話は変わるんだけど、朔（はじめ）くん、明日はどうせ暇よね？」

途端に、双夜（ふたつや）担当の声色が変わる。

僕の呼び方も変わる。

彼女は仕事のＯＮ、ＯＦＦを意識的に切り替えるタイプなので、仕事以外だと僕のことを本名で呼ぶのだった。

「どうせとか言わないでよ。どうせとか」

「じゃあ、予定あるの？」

「むうう。それはあ、ええっと」

「私に見栄を張ってどうするの？」

「ない、けど。暇ですけど。ああ、そうさ。なんの予定も、ケーキを食べる予定すらないですよ。仕事で一日潰すだけの、ただの平日だ。なんだよ、悪い？」

「よかった。じゃあ、私とデートしましょうか」

「……は？」

今、双夜担当はなんて言った？

これまでの六年間、僕がどれだけアプローチしてもちっともなびかなかった人がなんて口にした？　デートって聞こえたんだけど。聞き間違いかな？

「デートよ、デート。私もこの電話で仕事納めだし。映画でも見にいかない？　ちょうど明日から見たい映画が封切されるのよ。付き合って。前に取材でいった映画館に、そうねえ。十三時に集合で。お昼ご飯は食べてきてね。よろしく。じゃあ、おやすみなさい」

「え、ああ。ちょっと待って。……マジか」

切れた。

言うだけ言って切りやがった。

というか、今の、ほんっとーに聞き間違いじゃないよね。

デートって言ってたよな。

ブラックアウトしたスマホの画面は、しかしもう、うんともすんとも言ってはくれなかった。

もちろん、改めて尋ねる勇気や度胸がクソ雑魚メンタルな童貞の僕にあるわけもない。


普通だった。

正直、待ち合わせ場所に着いたら、ドッキリでしたとか言われるのかと疑っていたけれど、そんなこともなく。びっくりするくらい普通にデートだった。

駅前から続く大通りは昼間だというのに、イルミネーションで煌びやかに彩られていた。道ゆく誰も彼もが浮かれていて、楽しそうで、釣られるように肩の力が抜けていく。

朝、出かける前に見た天気予報では夕方から雪が降ると言っていた。空は厚い雲に覆われ、息は吐いた途端に白く凍りついた。逆に吸うと、まるでガラスのカケラを呑み込んだみたいな痛みがチリチリと喉を通り、肺へと深く潜っていく。冬の凛とした空気だ。

待ち合わせの十五分も前に双夜担当はやってきた。

チェック柄のロングコートの下には、シックな印象を与える黒の薄いレースのトップスと、賑やかな町の明かりに負けない華やかな赤いフレアスカート。ショートブーツは冬らしいファー付きで、長い髪はロール編みのハーフアップにまとめてあって清楚な印象が強くなる。いつもと全然雰囲気の違う、きちんとしたデートコーデだった。

「お待たせ、朔くん」

双夜担当が声をあげると、周りにいた男たちが一人の例外もなく彼女に視線を注いだ。クリスマスの煌びやかな光の中で、双夜担当の美しさは一層の輝きを放っていた。

さりげなく僕に近付いてきて、そっと腕を取られる。

かすかに肘に当たっているこの柔らかな感触は、む、むむむ、胸だろうか。

「双夜担当。今日は——」

「はい、さっそく、減点、いってーん。デートだって言ったわよね。今日の私は、君の担当編集じゃありませーん」

「じゃあ、なんて呼べば?」

「あら、なんでもいいのよ」

「じゃあ、んんっ。ごほん。シ、シオ。っつ、てー、どうして足を踏むんだっ!」

「調子に乗らない。呼び捨ては駄目よ。私の方が年上なんだから」

「シオさん、ならいいですか?」

ちらりと双夜担当、いや、シオさんの方を見ると、ふふっとバラのようなルージュが綺麗な弧を描いていた。

「はい、ＯＫ。映画、もう席取っちゃってるけどいいわよね？」

「え、ああ、うん」

「どうして緊張しているの？」

「だって、シオさん。いつもと全然違う」

「当たり前じゃない。デートだもの」

「これ、本当にデートなわけ？」

「少なくとも私はそのつもりだけど。朔くんは違うのかしら？」

問いかけるように、こてんと首を傾けられる。

あー、もー、可愛いなあ。もー。

しかも、この人、絶対に自分が可愛いことをわかってやってるだろ。

はあ。もう、なんだっていいや。男なんて、相当馬鹿な生き物である。可愛い女の子になら、騙されたっていい。いや、むしろ手のひらで上手く転がして欲しい。僕がピエロになって彼女が笑ってくれるなら万々歳だ。

「いや、僕もデートだと思っています」

「ふふっ。二人ともそう思っているんならデートなんじゃないかしら？」

「そーすね」

「ほらほら。いきましょう。映画始まっちゃう」

それから、双夜担当の選んだ映画を観た。

ちょうど今日から封切されたアニメ映画だ。前作が興行収入五十億を突破した新進気鋭の監督の作品で、笑いあり涙ありの、恋愛ものだった。僕たち以外にも、カップルできている人たちがちらほらと。初日ということもあって、席は九割以上埋まっていた。

シートはなんとカップル席で、映画の途中、幾度となく僕たちの手は触れ合った。握ることはなかったけれど、双夜担当の指が触れるたびに、僕の心臓がここにいるぞと叫びをあげた。

ちらりと何度も何度も僕は隣に座る美しい女性を盗み見た。

映画の光で縁取られた彼女と世界の境界線は、様々な色に染まっていた。綺麗な人だと改めて思う。大きな瞳も、くるりと上を向いたまつげも、すっと通った鼻も、ふっくらとした唇も。

僕が小説なんて書かなかったら、きっと、生涯縁のなかった人だろう。

そのことが、どうしてか少しだけ寂しかった。

映画を観た後は、喫茶店でお茶をしながら感想を言い合い、漫画とかアニメのグッズを取り扱っている専門店をにぎやかしにいった。ラノベコーナーにはアニメ化作品や人気作の新刊がたくさん平積みされていた。ウミの〝彼方〟シリーズも並べられていた。

僕の作品は、当たり前というか、なんというか、棚差しされていた。

あからさまにがっくりと落ちた僕の肩を、まあまあ、という風にシオさんが叩いてくる。

「その手はなに？」

「大丈夫よ」

「本当に？」

小説を書いていると、たまに悩むことがある。

いや、嘘(うそ)だ。

しょっちゅう悩むし、不安になる。

そう。茉莉(まつり)くんのテストのようにはいかない。僕らの手元には壊れた指針しかなくて、その向かう先が成功とは限らない。甘い甘い果実を齧(かじ)れるのは、ほんの一握りだけ。

努力したものが等しく報われる世界じゃないのだ。

けれど一方で、編集者は僕たち作家を上手(うま)く騙(だま)さなくちゃいけない。

歩みを止めないように。

進む先に栄光があるのだと、朗らかに歌う。

なんかそういう伝説があったな。セイレーンだっけ。いや、でもあれはその美しい歌で船乗りを惑わして遭難させるって話だからちょっと違うか。

「大丈夫、大丈夫。心配なら、無敵の呪文を何度だって唱えてあげる。絶対、だいじょうぶだよ。朔(はじめ)くんの作品は面白いもの。まだ、世界がその面白さに気付いていないだけ」

「……いつか、見つけてもらえるかな」

「もちろん。きっと、世界は君を見つける。それが次の作品になればいいと私は思ってる」

シオさんがおかしそうに笑った。

「さあ、景気づけにお酒でも飲みにいきましょうか」

気付けば、デートは終盤だった。

多分、僕がエスコートすべきなんだろう。

わかってる。

わかっているけど、作法がちっともわからない。

学校ではいくらか勉強ができた。微分積分も、小難しい英語の構文も、名前が微妙に違うだけの将軍の名前も。ちぃ、覚えたって言いながら、全部、全部、インプットしてきた。けれど、学校の授業ではデートの仕方なんてことをただの一度も教えてはくれなかった。こういう時、自分の経験のなさというか、器の浅さが浮き彫りになる。

シオさんが予約してくれていた店に入る時、ふと一組のカップルが目に入った。

女性が歩き出そうとすると、ヒールが段差に引っかかったのか、少しよろけた。男の方は別段慌てる風でもなく、そっと手を伸ばし支えていた。ありがとう。どういたしまして。繋(つな)がれた手は優雅だ。気遣いと優しさを持って、大事にエスコートしているのが見てとれる。

同じことが僕にできるだろうか？

無理だ。

なにしろ、僕は今日、なにもかもをシオさんに任せきりだったのだ。

デートのコースや、ディナーのお店も。

ワインのテイスティングすらスマートにできずに慌てる僕に失望する風でもなく、ただただ優しく微笑みながらシオさんは慣れた感じで注文を済ませてしまった。これでいいかしら、なんて聞かれたけれど、僕は頷くしかない。ワインの銘柄なんてろくに知らないしさ。

前菜で出てきたテリーヌを口に運ぶ。

エビ、キャベツ、アボカドにニンジン。アスパラガス。この爽やかな酸味はレモンかな。さすがに前に同期と飲みにいった大衆居酒屋とは違って、きちんと美味しかった。

「こういう店はよくくるの？」

「そうね。たまにかしら」

シオさんがフォークとナイフを使って、綺麗にテリーヌを切り分け、口に運ぶ。そうして、ふっとまるで子供をあやすみたいに笑った。

「そんな顔しなくても仕事よ、仕事。接待とかでね」

ふうん、と僕は唸った。

テリーヌを咀嚼し、呑み込む。

「じゃあ、今日のこれも接待？」

「え？」

「このデートはどこまでが仕事なわけ？」

「あら？　今日はプライベートって言わなかったかしら？」

「言ったけどさ。シオさん。いや、僕の知ってる双夜担当はそういう人間じゃないもの。ニンジンだけぶら下げて、延々と走らせ続けるタイプ。人を見る目はあるんだ、これでも」

「あら、朔くんは私のことをなんだと思ってるのよ？」

「そうだなあ。鬼。悪魔。人でなしってところか」

「君、まだこの前の原稿をボツにしたこと恨んでるでしょう」

「あー、そこに話を持っていくのか」

僕がニヤリと笑うと、双夜担当は降参とばかりに手をあげた。

「忘年会の時に言われたの。連続で全ボツ喰らって相当へコんでるから、ちゃんとフォローしてあげてって」

「東とウミ？」

双夜担当はイエスともノーとも答えず、ただワイングラスを傾けた。

「君は本当にいい同期に恵まれてるわね」

「まあね。なるほどなるほど。それで、今日は僕のご機嫌取りをしようと思ったわけだ」

引き続き、ニヤニヤと笑っておく。

双夜担当は、残りのワインを手の中でゆっくりと揺らしてたっぷりと香りを楽しんだ後、一息でこくりと飲み込んだ。ちょっとだけ頬が赤くなっていた。

ウエイターがやってきて、彼女のグラスにワインを注いだ。

「ま、朔くんに格好つけてもしょうがないか。あのね、こう見えて、反省してるのよ。もっと言い方があったんじゃないかとか。やりようがあったんじゃないかって。たまにいるもの。編集と拗れて小説が書けなくなった人たちが。とても才能があったのに。もしかしたら、私のせいで栄光を受け取るはずだった才能が消えたんじゃないかって思うと、とても怖いわ。私だって出したくてボツを出しているわけじゃないのよ。ただ、やっぱり流行とかそういうものがあって、勝算の見込めない勝負はさせられないの」

「後悔してるってわけ？」

「……いいえ。しているのは反省だけ」

「じゃあ、それでいいんじゃないの？」

「え？」

「後悔してないってことは、あの原稿をボツにしたことは間違ってなかったって今でも信じてるんだろう。だったら、気なんて遣わなくていい。いや、遣って欲しい時もあるけど、というかしょっちゅうだけどさ。でも、僕らがヘコむのはいつものことだ」

双夜担当がおばけでも見たみたいな目をしている。

ああ、酒だ。酒が足りない。

グラスを空ける。

ウエイターがやってくる前に、自分で注いでしまう。

「そりゃさ、悔しいよ。作家にとって作品は子供みたいなもんだ。その出来が悪いって言われたら、愚痴だって吐くさ。悪口も言う。僕らは自分の作品こそが世界で一番面白いって信じているから。信じ込まなくちゃいけないから。作品の一番の味方でいなくちゃいけない。でも、編集はそうじゃないだろ。あんたたちはいつでも正しい顔して、冷静に判断して、僕たちを上手く騙して商品になる作品を書かせるのが仕事だろ」

ただ自分の為だけに小説を書くのなら、こんなに悩まない。

けど、商業作品は誰かの目に触れることが前提だ。僕以外の誰かに喜んでもらいたくて書くものだ。だから、悩む。苦しむ。わからなくなる。心の重心をどこにおけばいいのか。内側か、外側か。

そんな時、作品を客観的に見てくれる編集が、僕らのたった一つの道しるべだ。

真っ直ぐに僕たちの道ゆく先を照らしていって欲しい。

でなければ、僕たちはこの細い体のどこに力を入れて、どんなふうに必死になって、どこに向かえばいいのかを迷って、最後には立ち止まってしまうから。

「そうね。そうよね」

双夜担当も再びグラスを空け、自分でワインを注いだ。慌てて近付いてきたウエイターに、彼女はにっこりと笑いかける。声に出さす、大丈夫です、勝手にやるので、という感じ。慣れたもので、それを確認したウエイターはすっと頭を下げ自然に体を引いた。

双夜担当は見た目によらず、相当気が強い。

案外と、僕は彼女が持つそういう強かさが嫌いじゃなかった。

「確かにどうかしてたわ。朔くんはデートの一つもしたことのない童貞くんだから、ラブコメを書き切る前に一度くらいデートの経験を積ませといてあげたかったたって方がずっといつもの私らしいか。うふふふ。ごめんなさい、朔くん。これ、やっぱり編集の仕事かも」

今度は双夜担当がニヤリと笑う番だった。

「うわ。いきなりキッレキレ。でも、そうだな。それこそが双夜担当って感じがする」

それから、僕たちはもうデートなんてことをすっかりと忘れて盛りあがった。双夜担当は僕の作品を時に褒め、時に貶した。僕は僕で、溜まりに溜まっていた愚痴を全部吐き出した。

ワインをがぶがぶ飲んで、料理だって残さず食べた。

メインで出てきたのは、和牛のステーキだった。

焼く前に一度見せてもらったブロック肉には、見事な赤身と綺麗なサシが入っていた。味も想像以上。最初に微かな塩とスパイスの存在を感じ、それが噛むごとに溢れてくる脂の甘みを一層深くさせている。この肉、溶けるぞ。美味い美味いと言いながら、夢中で口に運んだ。デザートまで食べ終えた頃には、二人とも酒のせいで顔が真っ赤だった。

出会ってから、五年。

いや、新人賞の受賞から作品の発売まで約一年あったから、もう六年以上になるのか。

とにかく、それくらい長い時間を相棒として過ごしてきたというのに、僕らは多分、今、初めて素の自分を少しだけ晒し合った。たくさん怒って、たくさん笑って。いくらか拗ねて。

こんなに感情が揺れ動いた夜は、一体、いつぶりだろう。

ほんといい夜だ。

せめて会計くらいは格好をつけようと、双夜担当がトイレに立った隙にウエイターを呼ぶと、もうすでに支払いはされていると言われてしまった。

ああ、そうか。

経費で落とすのか。

その事実を前にして、どうしてか寂しくなったのは墓場まで秘密にしておこう。作家と編集。ケチをつける権利なんて、少なくとも今の僕にはない。

高級レストランの超高層ビルには当たり前のようにホテルも入っていたけれど、当然、そういう展開は少しもなく、僕たちはそのまま外へ出た。

途端に、吹きつけてくる風の強さに、身を震わす。

天気予報の通り、雪が降ってきた。

音もなく静かに降り積もっていく雪は、開いた手のひらに落ちてくると、僕の体温を奪い、ゆっくりと水になって流れていった。

「わあ」

と、少女みたいな気軽さで双夜担当が三歩を駆けて、空を見あげる。

「綺麗ね」

僕たちは駅までの道をゆっくりと歩き出した。

夜のイルミネーションは昼のそれとはまったく違い、まるで星が落ちてきたんじゃないかと錯覚させるほど煌びやかに、世界の闇を染め、人々の営みを掬いあげていた。

道には僕らと同じようにデートをしている人がたくさんいて、はぐれないようにと、双夜担当は僕のコートの袖をまるで子供のようにちょこんと摑んだ。

「こういう時って手じゃないの？」

「たまにはこういうのもいいじゃない。ラブコメっぽいでしょう？」

お酒をたらふく飲んで、ご機嫌な双夜担当がそう言う。

「ふふっ。なんだか高校生の頃に戻ったみたい」

「双夜担当にも、そんな可愛い時があったの？」

「あったわよ。もちろん。私、学校で一番モテたんだから」

それは、知ってるよ。

今だって、何人も何人も双夜担当を見ては振り返ってるし。

隣にいる僕にはやっかみの視線が注がれている。どうしてあんな貧乏そうなヤツと、なんて等しく彼らの顔に書いてある。

うるせえええ！

その内、大金持ちになるんじゃあ、僕は。

がるるる、と獣の目をして周りを威嚇していると、双夜担当に、なにをしているの、と呆れられてしまった。

駅の改札に着くと、双夜担当は手を離した。

「ありがとう。ここまででいいわ」

「わかった」

正直に言えば——。

僕はもう少し彼女といたかった。

聖夜にカップルが行うというアレやコレやまではしなくても、ちょっとしゃれたバーなんかで甘いカクテルを一杯飲むくらいでもいい。

……誘って、みようかな。

ディナーはご馳走になったから、それくらいは僕のおごりでとかって言ってさ。少しくらい、格好つけてみてもいいかな。駄目かな。どうだろう。ああ、経験値が圧倒的に足りてない。

　ごくりと生唾を呑み込む。

　駅まで歩く間、僕はずっと悩み迷い、それでも口に出せないでいた。何度も何度も口の形を〝あ〟とか〝お〟とかにするのに、感情はちっとも声にならない。

　結局、先制を打ったのは双夜担当の方だった。

「ねえ、朔くん？」

　改めて見る彼女は、アルコールのせいで、頬は赤いし、目はとろんとしていた。暑いのかコートのボタンをいくらか止めていない。

　はっきり言って、色っぽかった。

「今日のディナーのお支払、私は経費で落とすつもりはないの。だって、そうでしょう。せっかくのクリスマスデートなんだもの。無粋じゃない？」

「それって」

「だからね？　覚えておいて。理由があったにせよ、デートの相手が誰でもよかったたっていうわけじゃないのよ？」

　そうして、僕の手は握らなかったくせに、僕の唇に、それ以上はなにも言ったら駄目、という風に人差し指を軽く押し付けて。

「でも、今日はここまで。続きは、百万部売れる作品を書いてからね。童貞くん♡」

とても綺麗なウインクを一つ。

それから、今日一の、とびきりの笑顔を浮かべて双夜担当はこちらに背を向ける。僕はその背中を見送るだけ。あっという間に改札を抜け、彼女は僕の手の届かないところへ。

ただの一度も振り返らない。

呆然と彼女を見送った僕は、さっき告げられた言葉の意味をしっかり咀嚼し、そして。

「あははは」

我慢できずに笑っていた。

周りを歩く人たちが、奇妙なものを見る目で見てきたけど、かまうもんか。

「あははは。お腹痛い。あー、やられた」

参った。

僕はまだまだ、彼女に勝てそうもない。

肺がひりつくくらいひとしきり笑うと、もう寂しさも後悔もなかった。ただ、いつものように小説を書かなくてはと思っただけ。編集の仕事としては百点満点だ。

「さあ、僕も帰るか。帰って、最高の小説を書こう」

いつか、このデートの続きができるようにさ。

今はまだ、それを夢見て楽しみにしておくくらいでちょうどいい。

なあ、そうだろう。

第八話

作家とイラストレーターとタイトル

Hodumi sensei to Matsuri kun to.

新作のシリーズタイトルは〝君と。〟にすることにした。

僕はタイトルに同じ単語をつけてシリーズを続けていくタイプの作家だ。デビュー作は〝季節〟を冠した。次が〝さよなら〟。その次が〝星〟。

それから同じようにいくつかの作品を書いて、今回は〝君と。〟。

一作目のタイトルは〝冴えないサラリーマンの僕と女子高生の君と。〟だ。

シンプルにストレートに作品の内容を表している。

よし、いくぞ。決めた。決定だ。

そう何度も呟いてみるけれど、次の瞬間には、本当にこれでいいのか、と悩んでしまう。なんというか、こう、すとん、と嵌ってこないっていうか。しっくりしないっていうか。

キーボードを叩く手が止まる。

うんうんと悩み続ける僕に、どうぞ、と茉莉くんがコーヒーを入れてくれる。

息抜きを兼ねて、ぐっと体の筋を伸ばしてみると、思っていたよりいろんな筋肉が凝り固まっていて、ずっと緊張しつつ作業をしていたことに今更ながら気付いた。

「タイトルってそんなに悩むものなんですか？」

エプロンに制服姿の茉莉くんが隣に腰を下ろす。

どうやら、彼女も少し休憩を挟むらしい。年末年始で掃除をしてくれる人のいなかった僕の部屋は、すっかり混沌と化していた。ボクサーパンツとか普通にその辺に落ちているしさ。

「そうだね。内容よりも、ある意味重要だし」

「わたし、もっとあっさり決めているものだと思ってました」

「もちろん、あっさり決まる時もある。だけど、ほら。タイトルって人でいうところの名前みたいなものだから。自分の子供に名前を付けるってなったら、やっぱり真剣に考えるだろう。それに、売り上げにもすごく関わってくるんだよ」

「そうなんですか？」

「僕もデビューするまでは内容が全てなんて思ってたんだけど、実のところ、そんな簡単な話じゃないんだ」

そもそも、本なんてものはまず手に取ってもらわなければ意味がない。

年間に数え切れないほどの小説が出版されている現状で、そのハードルを越えていくのがどれほど大変なのかは想像に容易いと思う。全国模試で並み居る天才たちと戦い、上位数名に名前を連ねるようなものだ。

そして、全国模試とは違って、小説の番付はそのほとんどがテストの点数——要するに内容——ではなく、まず名前と顔と肩書で判断される。

表紙が顔、帯が肩書。

で、タイトルが名前。

僕ら作家がどれだけ素晴らしい内容の物語を書いたとしても、読んでもらわなければ誰にも届かないし、伝わらない。

その為には、キャッチーなタイトルや心躍るような表紙、興味を引くような帯など、内容とは別のところで行われる読者による一次選別に勝ちあがらなくてはならない。

ヒット作への第一歩は内容じゃなくて、パッケージ。いわゆる、金持ちで血統書付きのイケメン以外はお断りってヤツだ。くそったれー。

作家や編集者の間では、こんな金言まであるくらいだ。

『ラノベの一巻が売れないのは編集のせい。二巻以降、売り上げが伸びなければ作家のせい』

帯を変えただけで、売り上げが数十万部変わったなんて例も過去にはあったんだとか。

と、これだけ売れる要素がはっきりしていて、それに則って作品作りをしても、売れるとは限らないのが難しいところである。

昔、漫画で読んだな。

天才じゃない漫画家に必要な三大条件。

一にうぬぼれ、二に努力。

そして、三つ目が運。

あれは漫画家の話だったけど、小説家も大して変わらない。

双夜担当から、企画会議に提出する為に仮でもいいからタイトルを決めて欲しいと言われたのが年を明けてすぐのこと。

それから二日。

僕は原稿を一時ストップし、アウトプットの全てをタイトルに注いでいた。しかし、成果は思うようにあがらない。この作業に必要なスキルは〝ひらめき〟ただ一つきりなので、一秒で決まる時もあれば、百時間かけたって決まらない時は決まらないもんである。

と、パソコン画面を睨みすぎて重くなった目頭を押さえた瞬間、スマホが震えた。

表示された珍しい名前に、思わず顔をしかめると、

「担当さんからですか？」

「いや、違う。仕事相手には違いないけど。はー。出なかったら出なかったで、後が面倒か」

茉莉くんがなんぞやって感じで首を傾げる隣で、グリーンに光る通話ボタンをタップ。

明けましておめでとうございますー、とあっけらかんに彼女は言った。大きな声だった。スマホを慌てて耳から引き離す。

なんでこの子、いっつもテンション高いの。

「うん。あけおめ、ことよろ。それじゃ」

ちゃんとあいさつを返し、通話を切ろうとしたところで、あ、あう、あ、待ってよう、と焦る声が聞こえてくる。ちっ、駄目か。

「ちょっ、ちょっと。どうしていきなり切ろうとするのよう。電話をかけるまで、わたしがどれくらい悩んだのか知ってるの？」

「知らない。こっちは仕事中なんだけど、邪魔しないでもらえる？」

「あ、そうそう。仕事！　そう。仕事の話よ。それならお話してもいいでしょう。聞いたわよ。次の作品、ラブコメなんですって？　しかも年の差もの。どーゆー心境の変化？」

ああ、そういえば、双夜担当がこの前、スケジュールの確保に動くとかって言ってたな。

「心境の変化っていうか、担当から書けって勧められたんだよ。というか、その話しぶりだと今回も一緒に仕事してくれるわけ？」

「うん？　もちろん。ホヅせんせーの作品なら断らないわ」

「君なら、他にも売れそうな作品を担当させてもらえるだろ」

「そうね。打診はたくさんあるけど、そこはホヅせんせー優先で。ほら、わたしたちの仲じゃない。ところでどうして今回の原稿はこんなに遅くなったの？　駄目よ。締め切りは守らないと。九月くらいに会った時は、もうすぐ完成するって言ってたのに——」

ブツン。

反射的に通話を切ってしまった。

あ、まずいかな。

んー。まあ、でもいっか。

こっちが忘れ去ろうと努力している黒歴史を、わざわざ掘り起こしやがったむこうが悪い。

締め切りは守ったけど、全ボツ喰らったんだよ、とか彼女にだけには言いたくないし。馬鹿にされるということは絶対にないけれど、単純に悔しい。プライドの問題。

ややあって、再び着信。

発信者は変わらず。

ため息を吐いて、電話に出る。

「あれ？　どうして電話が切れたのかしら？　ホヅせんせー、今、外にいる？　電波弱い？」

どうやら僕が切ったということには気付いていないらしい。

「あのね、ポンコツ。君はそんな嫌味を言う為にわざわざ電話かけてきたの？」

「嫌味ってなによう。ていうか、ポンコツって言うなぁ！　わたしは、ＰＯＰ☆コーンです」

「あー、あー、やかましい。君なんてポンコツで十分だ！」

「うわーん。またポンコツってゆったあー。ホヅせんせーの馬鹿あ」

ＰＯＰ☆コーン、略して、ついでにちょっとだけ名前を弄って僕がポンコツと呼んでいるこの女性は、いわゆる仕事上の相棒にあたる。

僕がこれまで出版した作品の全てのイラストを担当してくれているイラストレーターだ。

こう見えて、驚くほど頭はいい。

学力のほどはわからないけど、多方面への知識はあるし、なんなら回転も速い。

才能だってもちろんある。僕の小説を書く才能が十だとしたら、彼女がイラストを描く才能は少なく見積もっても百とか千だろう。ウミと同じく、天才の中からさらに選び抜かれた天才。

どんな業界だって第一線で戦っている人間というのは、そういうもんだ。

さっき言ったようにヒットには運が必要不可欠だけど、チャンスを握って放さない握力がないと、それはするりと逃げていってしまう。そういうものを、ちゃんと彼女は備えている。

だから、まあ、非常に遺憾ながら心の底から尊敬はしている。

双夜(ふたつや)担当も言っていた。

ＰＯＰ☆コーン先生は、締め切りを絶対に守ってくださる上に、想定以上の作品をいつも描いてくれるから助かるわ、と。

逆に、彼女の日々進化していく絵についていくので僕が精いっぱいなほどだ。

少なくとも、僕の本が売れないのは彼女のせいではない。多くの売れっ子作家が、彼女とタッグを組みたがっていることも知っている。

ただ、彼女は天才と呼ばれる人の多くがそうあるように、才能にパラメーターを全振りしているような人種だった。

いわゆる天然。

しかも、ドがつくような。

今だってそうだ。原稿が遅れたのには、いろいろと事情があったりするもんだ。スランプだったり、ボツになったり。

だというのに、それを僕に直接、聞くか？　察しろよ。百歩譲って、せめて担当編集に遠回しに聞いたりしてくれよ。

でも、この子の一番馬鹿だなって思うところは、僕の作品に拘ってしまうところだった。

もっといい仕事があるのに、求められているのに、恩を忘れない馬鹿な犬みたいにいつまでも僕に付き合ってくれる。僕が彼女の絵に見合う作品を書くまで、いつまでも根気強く。

そして、それに甘えてしまっている自分はひどく惨めだ。

あるいは、そういう気持ちの置き場所がわからなくて、認められなくて、僕は彼女のことをポンコツなんて呼んでいるのかもしれない。

「馬鹿ってなんだ、馬鹿って。あのね、そういうことは気軽に言うもんじゃないんだぞ。言われた方はすっごく傷つくんだから。わかったか、この馬鹿め」

「あ、そうよね。ごめんなさい」

素直に謝ってくるポンコツちゃん。どうやら自分が馬鹿やらポンコツやらを、常日頃から言われていることには気付いていないらしい。

割と真面目に、この子の社会人適性が心配になってくる。

大丈夫かな。話だけだからとか言われて、高い壺を買わされたりしないかな。あげく、買わされた後も騙されたことに気付きもせずに、これ、これね、すごいの、霊験あらたかな壺なの。具体的な効果はよくわかんないけど、とにかくすごいらしいの、とかドヤ顔でマウントを取ろうとしてくる様子がありありと目に浮かぶ。ああ、もう、めっちゃ想像できる。

「あのさ、誰になにを言われても、高い壺とか買うんじゃないぞ」

「え？　壺？　うん。今のところ、買う予定はないけど。欲しいとも思ってないし。なになに？　ホヅせんせーは今、壺にはまってるの？」

やっぱり全然わかっていない。

壺に夢中になることなんて、多分、僕の人生には一度も訪れないと思う。つか、壺のよさってどこにあんの？　形なの？　僕は女体の曲線こそ至高だと思います。まる。

「はぁー」

「なによう、どうしてため息つくの」

「いや、もし君みたいな妹がいたら、心配で胃に穴が開きそうだなって思って」

「ホヅせんせーがわたしの〝おにーちゃん〟に？　え？　つまり、どゆこと？」

その一瞬、まるで雷に打たれたような衝撃が僕を襲った。ビリっとした刺激に指の先まで痺れる。おいおいおいおい。まさかこの僕にこんな感情が眠っていたなんて。

これは、ヤバいぞ。

ごくりと生唾を呑み込んで、僕はさっきの感覚が消えない内に頼んだ。

「ねえ、ポンコツ」

「なに？　っていうか、ポンコツ言わないで」

「今のをもう一回言って」

「へ？　今のって？」

「〝おにーちゃん〟ってヤツ。なんか新しい扉が開けそうな気がする」

うへえ、と声が聞こえた。

「ヤだあ～」

「どうして」

「気持ち悪い～」

え？　そこまで？

「なら、茉莉くんにって、あれ～？」

隣にいるはずだった茉莉くんは、しらーっとした顔でいつの間にか掃除を再開していた。完全に聞こえてませんよ、聞いてませんよーって雰囲気を背中から漂わせている。

仮に鈍感なふりして聞いてきても無駄ですからね、と。

目を見なくても、視線が痛い。

くそっ。勘づかれたか。

最近、この手のことに関して、茉莉くんの察しのよさがすごいんだが、一体どうしたらいいんだろう。気軽にセクハラの一つもできやしない。

「ちょっと待って」

ハッとなにかに気付いたようなポンコツ様のお声。

「茉莉くんって誰？」

「あ、そういうのいいんで」

すんと鼻を鳴らす。

「んもー、どうしてよーう。たまにはわたしとも楽しく会話してくれてもいいじゃない」

「拗ねるなって。あ、よし、じゃあ、こうしよう。キャラの設定資料を双夜担当に送っておくから、早めにデザインをあげてよ。そうしたら、いくらでも話し相手になるよ」

「え？　本当に？」

「本当本当。僕、嘘つかない」

「わかった。じゃあ、全力で頑張る」

適当にあしらっただけだというのに、ふんすと鼻息を荒くするポンコツ大先生。

ほんっとちょろい。ちょろすぎる。こんなにちょろくて大丈夫なんだろうか。いや、大丈夫ではないだろうな。やっぱり壺とか買わされそう。

「うん。よろしく。あ、でも、無理だけはしないように。忙しいの、知ってるからさ」

「ん？　むふふふ」

「なに？　なにがそんなにおかしいの？」

「んーん、なんでもないわ。じゃあ、全力でほどほどに頑張るね。おにーちゃん」

全力なのか、ほどほどなのか、はっきりしないままポンコツさんは電話を切った。それにしてもヤバかったな。受話器越しの声だからか、妙に近くてくすぐったい。

ポンコツが呟いたとびきり甘い〝おにーちゃん〟ボイスにゾクゾクしてしまう。

確信を得る。

驚くべきことに、どうやら僕は妹属性もいけるらしい。

ああ、自分の才能が怖い。怖すぎる。

でも、あんな妹はいらない。

心配すぎて、嫁に出せないしさ。一生面倒見てやらなくちゃって思ってしまう。いや、収入面を考えたら、僕が養ってもらう側か。それはそれで有りだが、むう。なんとなく悔しいものはある。やっぱり、いらないな。うん。

どうせなら、家事ができて、なんだかんだ言いつつコスプレとかもしてくれて、優しくて、甘えさせてくれて。そういう妹がいい。って、あれ？

だとすると、僕の理想の妹は、案外、近くにいるんじゃないか？

「茉莉くん」

「はい？　なんですか？」

「僕のことをおにいちゃんだと思ってくれても構わないからね」

「え？　急になんですか？　絶対に嫌ですけど」

さらっと言って、掃除を続ける茉莉くん。

しょぼんぬ。そっかー。絶対に嫌かあ。じゃあ、しかたないな。諦めよう。別に泣いてなんかいないんだからね。茉莉くんに、おにーちゃんって慕われたいだけの人生でした。完。

「そんなことより、編集部から先生宛の年賀状が転送されてきてるみたいですけど、これは」

「ああ、それなら、そっちの押し入れに――」

流れで言いかけて、途中で我に返る。

「いや。僕が後で片付けておくから、こっちにもらえる？」

「わかりました」

茉莉くんから、荷物を受け取る。

「ん、ありがと。あと、言い忘れてたんだけど、そこの押し入れは開けないでね」

「……えーっと、その」

けぷんけぷんとなにやら言いたそうに身をよじる茉莉くん。

ああ、この様子だと。

「もしかして、見た？」

「すみません。前に掃除してた時に開けてしまいました」

「じゃあ、中になにが入ってるのかも知ってる？」

「はい。ファンレター、ですよね」

「うん」

「でも、多くが未開封でした。先生は届いた手紙を読んでないんですか？」

ああ、そこまでバレてるのなら隠す必要もないのか。

そう、僕は読者がわざわざ書いてくれたファンレターを一度も読まずに、押し入れの中に突っ込んでいる最低の作者だ。

「デビューしてすぐの頃は読んでたよ。返事も書いたりしていた」

「先生にとって、ファンレターは迷惑なものなんでしょうか？」

いいや、と胸の中に渦巻くいろんなものを呑み下しながら首を振る。

「そんなことないんだ。嬉しいさ。もちろん。でも今はちょっと、開く勇気がなくて。そんな資格がなくて。僕は僕の作品を好きだと言ってくれる人たちに顔向けできないから」

「どういうことですか？」

「僕はまだ、世界を変えていない。だから、今はみんなになにも応えられないんだ。それが悔しくて、みじめで。結局、現実から逃げてるだけなんだけどさ」

再び、どういうこと、てな感じで茉莉くんがこてんと首を傾げていたけれど、僕はこの話はこれで〝おしまい〟という風に笑っておいた。

空気の読める子だ。

それで十分に、僕がこれ以上は話したくないんだってことを酌んでくれるはず。

案の定、それからすぐに茉莉くんは洗い物を片付け始めた。

僕もまたノートPCの前に座りなおして、画面を睨む。

制服エプロンの茉莉くんがせっせと家事をしてくれている。

と、その瞬間、僕はその姿を、様子を、世界を、まるで一枚の写真のように切り取って留めておきたくなった。多分、僕が今書いている物語の主人公もこんな光景を見ているんだろうな。

そして、その優しい時間に癒されている。

だったら、この作品にふさわしいタイトルは――。

〝放課後、制服姿の君と。〟

すとん、と胸に収まる感覚があった。

そういうのは理屈じゃなく、けれど、とても大事なことだ。声に出した時の舌当たりもいい。

決定だ。この作品は、〝放課後、制服姿の君と。〟。

その勢いに乗って、さっき約束したばかりのキャラクターの外見設定もまとめることにする。

ええっと、メインヒロインは、と。これは簡単だな。

洗い物を続ける女子高生を見る。

彼女の外見的特徴を書き出していくだけでいいんだもの。

とりあえず、か・わ・い・い、と僕は作家にあるまじき言語力で満足げにそう書いた。

数日後、双夜担当から送られてきたメインヒロイン〝向日葵〟のキャラデザインは、髪型や色、表情にいくらかのパターンがあったものの、どれもよく茉莉くんに似ていた。

二次元に落とし込む為にキャラクター性を強めているにも拘らず、上手く特徴を捉えてるっていうか。制服なんて、茉莉くんが着ているものを参考にしてリメイクしたとしか思えない出来だった。細かなパーツは全然違うのに、受ける印象はそのまま。

頭の中のイメージにぴったりと重なる。

僕が送ったいくらかの指示だけでこんなに描けるんだから、悔しいけどやっぱ天才だわ。

「茉莉くん、やーい」

お風呂場の掃除をしていた茉莉くんを呼ぶ。

ひょこっと洗面所のドアから顔を出した茉莉くんは、蒸気のせいで頬をほんのりピンクにしていた。二つに結ばれた髪が、垂れた兎の耳みたいにぴょこんと揺れている。

「はーい。どーしましたー？」

「ちょっとこっちにきてみない？　いいものが見れるよ」

「いいもの？」

タオルで手を拭きながら、茉莉くんがトコトコやってくる。

体を半歩ずらして、パソコンの画面を茉莉くんの正面へ。

キンとした高い声が、途端に耳の奥を刺した。

「ええ！　わたしじゃないですか。なんで。ていうか、これ、ＰＯＰ☆コーン先生のイラストですよね？　え？　あ、かわっ。きゃわわ。って、え？　でも、あれ？　どういう？」

「すごく可愛いでしょ、次の作品のヒロインの日向葵」

「え？　は？　ええ？　ヒロイン？　た、確かに、ものすごく可愛いですけど。あの、ホヅミ先生。すみません。説明が欲しいです」

茉莉くんがぽかんと口を開けていた。

どうやら頭の中はクエスチョンマークでいっぱいのようだ。

「あれ？　言ってなかったっけ？　次のヒロインのモデル、茉莉くんだろ。だから、キャラデザも合わせてもらったの」

「わたし、ヒロインなんです？」

「ええ。まさか、そこからなわけ？　最近、ハウスキーパーみたいなことばっかりやってるけど、そもそも君って作品執筆の為に秘密兵器として派遣されてるんだから。忘れてない？」

「ああ、えっと、はいはい。そうでしたね」

あ、本当に忘れてたみたいだ。目がめっちゃ泳いでるし。むむう。この際だから、はっきりと自覚をもってもらおうかな。茉莉くんには胸がキュンキュンするようなメインヒロインになってもらわないといけないからね！　そうとも、誰もが羨むようなメインヒロインに！

「うん。で、どれがいいとか希望ある？　髪型とかいくつかパターンがあるんだけど」

「わたしも一緒に決めていいんですか？」

「もちろん。だから呼んだんだ」

マウスをクリックしてイラストを進める。

とても幸福なことに、あれでもない、これでもない、ではなく、あっちもいいし、こっちもいい、と悩みながら、その日、一日をかけてキャラクターデザインを二人で決めた。

後日。

「キャラデザ、見た。すごくよかった。さすが売れっ子イラストレーター!!」

ちょっとばかりルール違反なのだけれど、僕は担当を通さず、直接感想を伝えることにした。

それくらい今回の仕事は飛びぬけて出来がよかった。一点だけ修正を頼んだけど、それに関してだって悪い意味じゃない。逆だ。出来がよすぎた故の修正依頼だった。

「あ、本当ですか？　えへへへ。よかったぁ。今回、いつもより細かい指示がたくさんあったから割とドキドキしてたのよね。イメージと違ったらどうしようって。資料集めも頑張ったし。さてさて、じゃあ、ホヅせんせー、約束通り、お話しましょー。わたし、今、壺を買おうかなって悩んでてーー」

「よし、次は主人公いってみようか。あと、サブヒロインたちも早めにあげてくれる？　やっぱりイラストがあった方が想像しやすいし、原稿書くのもテンションあがっていいなあ」

「うわあああん、鬼っ！　嘘つき！　約束と違うじゃないいいぃぃぃ」

「なにを言ってるんだ。ちゃんと話はするぞ。仕事の話だけど」

「わたしが思ってたのと違う！　頑張ったのにぃぃぃ。もーやだあああ。壺の話がしたぁい」

「わかった。なら、こうしよう。キャラデザを全部仕あげてくれたら、お茶でも飲みにつれてってあげるよ。その時はどんな話でも聞こうじゃないか」

「え？　本当に？　じゃあ、頑張る」

　これでやる気を出してくれるんだから、本当にちょろい子である。

　あと、さらっと聞き流したけど、壺はやめとけ。壺は。つか、壺の話ってなんだ？　そんなもんについて語れるような知識ないぞ、僕には。

第九話 作家と女子高生と遊園地デート

Hodumi sensei to Matsuri kun to.

『三年んー、二ぃくみぃー。中津川あー、直明ぃー、でーっす！』

テレビの中で、学ランを着た男子高校生が声を張りあげている。

こうして、普段、人には言えないことを力いっぱい主張するのだ。喧嘩の謝罪とか、兄弟姉妹への恨み言とか。好きな人への告白とか。

僕がまだ中学生とか高校生の時に流行っていたテレビ番組の、特別復活回のようだ。

中津川直明くん、十八歳は、グラウンドの真ん中にぽつんと一人で立っていて、学校中の窓という窓から顔を出した全校生徒の視線にさらされている。

僕は茉莉くんの入れてくれたコーヒーを啜りながら尋ねた。

「茉莉くんはこの番組って知ってる？」

「いいえ、初めて見ます」

「だよね」

「ホヅミ先生は知ってるんですか？」

「まあ、僕がまだ学生だった時に、結構、流行ってたから。話のネタになるかもって思って、たまに見てたよ。懐かしいな」

結局、雑談するような友人は終ぞできなかったという悲惨な結末を迎えたわけだが。

べ、別に寂しくなんてないんだからね。番組の内容も、僕からしたらなんの罰ゲームなんだろうって思うようなヤツだったしさ。そんなこと言ったら、ひんしゅくを買うだけだろうし。

まあ、みんなも一度、よく考えてみて欲しい。あんなたくさんの視線が集まる中、告白とかしちゃうんだよ。百万円積まれても嫌だ。いや、待て。タイム。百万円積まれたら考えるかも。どうせわざわざからかってくるような知り合いもいないし。

こういう時、ボッチは強い。どれだけ視線を集めても、持ち前の影の薄さですぐに空気と一体化できる。ここからは、ステルスホヅミの独壇場っすよ‼

流行なんてのは火と同じで、燃料をくべ続けなければすぐに消えてしまうもんだ。卒業する頃には、誰も彼もが忘れているだろう。ボッチ、最強説、あると思います。

ああ、でもテレビか。

今だったら動画サイトとかに流されたりするのかな。

それは嫌だな。好き勝手にコメントを書かれたりするしさ。やっぱり無理。一千万円積まれてもやりたくない。

そんな益体のないシーソーゲームを割と真剣に考えている内に、テレビの中の青年は僕とは裏腹に次第にテンションをあげていった。

前口上を述べ、本題へと入る。

『俺にはあー、いまぁー、好きな人があー、いまーすううう！』

テレビの中の青年が叫ぶ。

ウェーイ、と無責任な生徒の声で校舎が震える。

茉莉(まつり)くんは青年の緊張が伝播(でんぱ)したように、きゅっとスカートの端っこを強く握っていた。

『今日はああ、その子に、想(おも)いを、伝えたいと思いますううう！』

『hooo！　だぁー、れぇー？』

『三年んんー、四組のぉぉぉ、藤沢(ふじさわ)ぁぁぁ、桐(きり)ちゃん。入学式の日、ハンカチを貸してくれた時から、ずっとおおお、好きでしたぁぁぁ。付き合ってぇ。すう。くださあああい！』

テレビの画面が、告白された少女に寄っていく。顔を真っ赤にして、それでも嬉しそうにしている藤沢桐ちゃん、同じく十八歳。やがて、彼女はこくりと頷いた。

引っ込み思案な子なんだろう。

それでいっぱいいっぱいって感じ。

一方、青年のテンションは天元突破し紅蓮破顔する。

『ふおおおおおおおお！　やったあああああああ！』

学校中のいたるところから、おめでとうの花が咲く。

たくさんの拍手と祝福の中、こうして一つのカップルが生まれた。

はいはい、めでたいめでたい。僕はやっぱり冷めた気持ちで見ていたのだけれど、茉莉くんの視線はくぎ付けになっていた。自分が告白されたわけでもないのに、頬の紅潮が耳の先まで伸びている。まるで夕陽の下にいるみたい。目も少し潤んでいた。

「こういう公然告白みたいなのってさ、女の子的にどうなわけ？」

「そうですねえ。やっぱり、恥ずかしいのは恥ずかしいですよね。でも」

そこで一度言葉を切って、茉莉くんはしわになったスカートから手を離し、そのまま唇を隠

すように覆ってから、

「ちょっと憧れもある、かなあ」

　ぽしょっと小さく声にした。

「ええ？　本当に？　僕には全くわからないんだけど。具体的にどのあたりが？」

　僕の呟きに、茉莉くんは焦ったみたいに大げさに手を振る。その仕草は小動物みたいで、やたらと可愛い。萌え萌え、キューン！

「いやいや、なんというか。んー、んー、一週回って逆に有り、みたいな感じですね」

「え、じゃあさ。あんな風に告白されたら好きじゃなくても付き合ったりしちゃうもの？」

「それは、わからないですけど。でも、心は動きますよね。好きな人がいなかったりしたら気にはなっちゃいます。うん」

　だって、と茉莉くんはまるで言い訳するみたいに唇を尖らせて、

「一生懸命な姿は、格好いいから。あー、もー、これ、なんの時間ですか」

　今度はパタパタと手で、熱くなっているであろう顔を扇いでいる。

「いや、取材を兼ねて。ごめん、もう少し聞かせて。そうなんだ。ああいうのがいいんだ」

「単純にみんなの前で告白すればいいってわけじゃないですよ。でも、真剣じゃないですか。本気じゃないと、絶対にできないですよね。その熱意、みたいなものが伝わると弱いです。というか、ホヅミ先生の小説でも、告白シーンたくさんあるじゃないですか。それと一緒です」

「僕の子は、公然であんな恥ずかしいこと口にしない」

「みんなに読まれてるんですから、同じですって。〝さよなら〟シリーズの告白シーンなんて拡声器を使ってましたよね。特に描写はなかったですけど、絶対に周りに聞こえてますよ」

あれ？　言われてみれば、そうなのかな？

あのキャラの告白シーンも、このキャラのこっ恥ずかしいシーンも、読者からしたらテレビを見ているのと同じようなものなのか。そうか。でも、そうだよな。本を読んでくれた何千人かには見られてるんだよな。

……うっわ。急に顔が熱くなってきた。

僕も茉莉くんを真似て、手をうちわのようにして顔に風を送る。

「今日は、なんだか暑いね」

「ですね。一月なのに」

「ほんと、それ。ところで、茉莉くん。話は変わるけど、今週の土曜日は暇？」

「特に予定はないですけど」

「よかったら、僕とデートしない？」

「はあ、いいですけど。……って、え？　先生、今なんて？」

一度は頷いたものの、茉莉くんがすごい勢いで首をひねってこちらを見てくる。グリン、て感じ。それから、柔らかそうな頬をぐいーんと引っ張って、いひゃい、なんて言っている。

残念ながら、夢でも聞き間違いでもないんだよなあ、これが。

「いや、だからさ。デート。暇なら、付き合ってよ。一巻のクライマックスに、主人公とヒロインがデートするんだ。その為の取材にいきたいんだよね」

って、少しばかり言い訳臭いかな。

「わ、わわ、わたしでいいなら、喜んで?」

「どうして疑問形なわけ?」

「えっと。じゃあ、その。はい」

告白された女の子と同じように、こくん、と控えめに茉莉くんが頷いた。

そうこうしていると、テレビの中で次の女の子が告白を始めた。

好きでーすと大きな声で叫んでいる。つきあってくださーい。告白された坊主頭の男子生徒は、体を全部使って、大きな丸を作っていた。僕でいいならー、付き合いましょー。

ほんと、よーやるわ。

啜ったコーヒーはすっかり冷めていたけれど、少し熱い今の僕にはちょうどよかった。

デートのいき先は、ランドに決めていた。

千葉県某所にある日本で多分、一番有名な遊園地。

普段ならチケット代の出費は痛いところだが、今の僕には昨年末に行われた出版社主催による忘年会のビンゴで当たったペアチケットがあるのだった。ちなみに東はｉＰａｄで、ウミは海外旅行券。金持ちのところにはそれ相応の品がいくものらしい。

さすがに茉莉くんを寒空の下で待たせるわけにはいかないので、念には念を押して、僕はランドの最寄り駅で一時間前から待っていた。

頭上には一月の薄い青空が広がっていて、白い息が吸い込まれていく。やがてその息が雲になって天を覆うのだ、なんていつものように益体のない空想をしながら過ごす。

「あれ？　ホヅミ先生早いですね。わたし、もしかして時間を間違えました？」

結局、待ち合わせの三十分前に茉莉くんは現れた。

「いや、僕もさっき着いたところだから」

「お待たせしてすみません」

「本当にそんなに待ってないから。大丈夫だって」

駅から出てテテテとこちらに小走りでやってくる茉莉くんは、なんというか輝いて見えた。

真っ白なボアブルゾンに、上品な光沢感のあるプリーツスカート。首元には灰色のマフラーが余裕をもって巻かれている。

僕はミニスカートが大好きだし、チラリズム王国の――自称――名誉大臣でもあるけれど、それでも若い子が寒い中、生足を出して〝可愛い〟の為に寒さに耐えているのは、なんだか、こう、忍びないものを感じるような年になったので、茉莉くんの格好にほっとした。着込んでいても、可愛いは作れる。

「どう、ですかね？　これ」

僕が観察していることに気付いたのか。

茉莉くんが見せつけるように、控えめにくるりとその場で一回転する。スカートの先が微かに揺れる。長い髪が、風と踊る。吐いた息が雲のように横に流れる。

彼女の頬は、桜を彷彿とさせる仄かなピンク。

「なんか、こう、その。うん。モコモコしてる」

上手く感想を口にできない僕がなんとかそれだけ絞り出すと、茉莉くんは、たはー、やっちまったーて感じで笑っていた。目が不等号みたいな顔文字になってる。(>_<)（↑こんなの）。

「やっぱり変ですよねすみませんすぐ着替えてきます」

息つく間もない早口。

かーっと彼女の顔が赤に染まる。

「待て待て待て。変じゃない。可愛い。可愛いって」

「本当ですか？　えへへへ。なら、よかったです」

言いながら、くしっと赤くなった指先で前髪を弄る茉莉くん。

少しばかり潤んだ上目遣いに、裸の天使様が僕の心臓に銀の矢をザクザクと何度も突き刺す。

ちょっ、まっ。可愛すぎかよ。トキメキすぎて胸が痛いよう、死ぬわ。手加減して。

まだデートは始まったばかりだっていうのにさ。

「本当本当。制服姿じゃないのは新鮮だね」

「この前、散々コスプレしてあげたじゃないですか」

「いやいや。コスプレと私服は全然違うもんだって」

と、茉莉くんが僕のコートの袖をちょんと摑んで、

「ホヅミ先生。これ、私服じゃないです」

「じゃあ、なんなの？」

「ふふふ。なんだと思います？」

「君、楽しそうだね」

「はい。楽しいです。それで、答えは？」

「わからない、降参だ」

「デート服、です」

はい、可愛い。

百点満点んんん！　出ました、百点です。意識しているせいで、いくらか声が大きくなって、そのくせ少し硬い感じになった〝デート服〟の発音なんか犯罪級に可愛い。超くわぁいい。

裸の天使様が今度は金色の矢で、ここがええんか、ここがええんやろ、という風にやっぱり

僕の心臓をザクザクと抉ってくる。あ、死ぬ。というか、死んだ。今、死んだ。百回死んだ。

死因・萌え死。

ラノベ作家として、これほど誉れ高い死に方は他にないだろう。へへ。萌えたよ……、真っ白に……。萌えつきた……、まっ白な灰に……。

「ま、茉莉さんや。今日、なんかやけに浮かれてない？　つか、アクセル全開すぎない？」

もう少しインターバルを挟んでもらわないと、僕の魂が天に召されてこのまま解散まである。

「えへへへ。やっぱり、浮かれてますかね、わたし」

「うん。どう見ても浮かれてる」

「でも、初デートで初ランドって、やっぱり憧れがあったから嬉しいっていうか」

「ん？　初デート？」

聞き間違いかな？

「え？　ああ、はい。初デートです」

「ああ、僕と茉莉くんのってことね」

「いいえ。わたしの人生、正真正銘の初デートです。男の人と二人きりでお出かけする機会なんて、今まで一度もなかったので」

その言葉を聞いて、僕は思わず茉莉くんの細い肩をぐわっしと摑んだ。

「君、それで本当によかったの？　初めてなんだろ？　それが僕みたいな三十路前の冴えないおっさん相手でいいの？　今ならまだ間に合う。やめる？」

てっきり、茉莉くんクラスの美少女なら、デートの一つや二つ、いや、百や二百くらいこなしていると思っていました。

「ホヅミ先生は、冴えないおじさんなんかじゃないですよ。大丈夫です。わたし、今日、本当に楽しみにしてたんですから」

茉莉くんの肩に置いていた僕の手を、彼女の手が優しく包む。

手のひらの冷たさは雪のようで、触れ合った瞬間に少しだけ馴染んでいく。僕と彼女の体温の平均で落ち着いて、それが二人の温度に変わる。

ぎゅっと、繋いだ手を離さないように茉莉くんが力を込めた。

「ほら、いきましょう」

「え、あ、ちょっと。本当にいいの？　一生に一度のことだよ」

「大げさだなあ。わたしがいいって言ってるんだから、いいんですよ。さあ、はやくはやく」

ゲートの端にあるチケットブース前にできた長い列に並ぶこと十五分。受付窓口でチケットをパスに変えてもらい、荷物検査を終えてからようやくの入場。

一歩を踏み入れた瞬間、僕らは魔法にかかった。

目の前に広がる光景に、僕も茉莉くんもしばし言葉を失ってしまう。

これが、噂に聞くランドか。どこか西洋の街並みを彷彿とさせる建物が立ち並んだ空間を、初心者感丸出しでキョロキョロしながら進んでいく。

しばらく二人で歩いていると、やがて開けた空間に出た。

視界の中心にそびえ立つは、青屋根の白城。

ふははは——。

スゴイぞー、カッコいいぞー!!

誰も彼もが浮かれていて、吐いた息の白にすら光が宿りキラキラと輝いている。

と、たたただ圧倒され続けていた僕とは対照的に、茉莉くんはそこで意識を取り戻し、僕の腕にぎゅっとしがみついてきた。

なんぞ?

いきなり、どしたし?

なにやら腕に当たる柔らかさとか、優しい匂いとか、体温とかに困惑し続ける僕をよそに、彼女はもう一方の手をすっと伸ばし、その先にあるスマホのシャッターを切った。

カシャン、とフィルムカメラの無骨で機械的な音とは全然違う電子的な音が響く。

白亜の城を背景にした僕と茉莉くんのツーショットが、長方形に切り取られる。

〝今〟は一瞬のうちに〝過去〟となり、けれど確かな形を得て〝未来〟の僕らにとっての〝いつか〟の証が残る。

多分、それは永遠に少しだけ似ていて、でもきっと大きく違うのだろう。

「やっぱり、まずは記念写真からですよね」

女子高生、ほんと写真好きだよねー。

満足そうにスマホの写真を確認した茉莉くんは、しかし、腕から離れそうな様子がない。

「あのー、茉莉くん茉莉くん。……近くない？」

「ええ？　そうですか？」

言って、より一層、ぎゅっと近付いてくる。

「でも、デートですから許されますよね、きっと」

ほえ？　デートってそんなもんなの？

いやいや、とは言いつつ双夜担当とのデートではそんなにくっついてなかったよな。ええ？　でも、そうなのかな。最近の若者はそうなのかも。女子高生が言うなら正しいんじゃね？　というか、正しいよね。別に僕がくっついていたいからじゃありません。悪しからず。

僕が黙ると、勝ち誇ったみたいに茉莉くんがにまーっと笑った。

「さ、まずはどれから乗ります？」

結局、午前中の時間を使って僕たちは三大コースターと呼ばれるアトラクションの内の二つを制覇した。本来ならどちらも待ち時間がゆうに四時間越えの、超人気アトラクションだ。

決して、午前中の時間だけで収まるものじゃない。

しかし、茉莉くんがスマホのアプリやらファストパスと呼ばれるよくわからないものを活用してくれたおかげで、最小限の待ち時間だけで遊ぶことができた。こんな寒空の下で長々と列に並ばなくてよかったのは、本当に茉莉様々だった。さすが現役女子高生！

久々のジェットコースターは面白かった。

なんとかと煙は高いところが好きと言うが、僕は高いところから見渡せる景色が好きだ。

あと、高速で動く乗り物も好き。

この世の理は即ち速さだと思いませんか、と言ったアニメのキャラがいた。物事を速く成し遂げればそのぶん時間が有効に使えるし、遅いことなら誰でもできる、と。つまり速さこそ有能なのが文化の基本法則、と。彼の持論に僕も強く頷く。速さこそ、正義。

お昼の時間になると、周りになにかを食べながら歩いている人間が増えていった。僕らも昼食をとる為に、レストランへ向かう。

こちらも大盛況で、事前に予約しておいたにも拘らず、十分ほど待ってから案内された。

僕らの食事中には、ランドのマスコットキャラクター——の着ぐるみを着たキャスト——が現れて、ゲストと一緒に写真を撮ったり、サインを書いたりするサービスが行われた。

当然、茉莉くんも大興奮で、ポシェットからノートを取り出し、サインをもらっていた。

ちぇ、僕だってサインを強請られたことないのに。

頼まれたら、いくらでも書くのに。

と、若干の焼きもちを抱きつつ覗(のぞ)いたノートには、僕のものよりよっぽど達筆なサインが描かれていたので、あっさりと対抗心は消えていった。そういや、僕、字、下手なんだよな。小学生の時には習字を習ってたんだけど、ちっとも上達しなかったのだ。

あー、比べられなくてよかった。

なんにしたって上手(うま)いヤツと比べられるのとか地獄でしかない。

うわー、ホヅミ先生って、その、へ、下手なんですね、なんて女子高生に言われた日には自殺する自信すらある。あと、茉莉(まつり)くんは妙に優しいから、大丈夫です、えーっと、経験を積めば上達しますよ、とかフォローを入れてくれるのだ。やっぱり、死ぬしかない。うん。

パスタのプレートを一人前ずつと、ピザを一枚だけ注文する。

水の入ったグラスに少しだけ口をつけた茉莉(まつり)くんが、ふーっと息を吐いた。

「結構、疲れたみたいだね。楽しめてる？」

「はい。とっても楽しいです」

「それなら、よかった」

「先生はどうですか？」

「僕も楽しいよ」

アトラクションもそうだけど、いろんなことにいちいち反応して、驚いて、笑っている茉莉(まつり)

くんを見ているのも楽しい。

昔、なにかで読んだ気がする。

デートの醍醐味はどこにいくかじゃなくて、誰といくかだって。

その通りだと思う。

「午後からはどうします？」

本当なら三大コースターの残り一つを攻めたいところではあるけれど、どうやら茉莉くんはそこまで絶叫マシーンが得意ではないっぽいし、疲れてそうなので、別の提案をしてみることにした。僕だって一応、分類上は大人の男なので、最低限の気遣いくらいはできるのだ。

むしろ、群れるのが苦手な人間って気遣いは得意分野だったりする。

周りに気を遣ってばかりで疲れてしまうから、最終的にボッチを選んでしまうのだ。とはいえ、茉莉くんといるのは苦ではない。逆に楽まである。

「そうだなあ。昼はもう少しゆったりとしたアトラクションに並んでみる？　あとはパレード見たり、買い物とか」

「あ、買い物。いいですね。わたし、ぬいぐるみが見たいんですよ。こーんな大きいヤツが売っているみたいですよ」

両手を広げて、こーんな大きいを表現する茉莉くん。

「それ、買うの？」

「いえ、その、単純に見たいだけです。あ、でも小さいものなら一つくらい買ってもいいかもしれませんね。今日の記念に」

「ふうん。それを見たら、今日のこと思い出してくれる？」

「もちろんですよ。そもそも絶対に忘れませんけど」

そんな他愛のない会話をしていると、パスタが運ばれてきた。

いただきます、と言って、フォークで丁寧にパスタを口に運ぶ。

「あ、美味しい」

茉莉くんが口に手を当て、そう呟いた。

そのパスタは、確かにとても美味しかった。


レストランを出た後、僕たちは午前中よりペースを落としてゆっくり園内を回ることにした。

何時間も並ぶような人気のアトラクションには向かわず、アンティークなデザインをした二階建てのバスでエリアを移動したり、ピンボールや野球ゲームなどのレトロでノスタルジックなゲーム機で遊んだり、ボートに乗ってジャングルを探検したりした。

いつしか西の空が真っ赤に染まっていた。

空の半分に夜が溜まり始め、ゆっくりゆっくりと勢力を拡大していく。

やがて、冴え冴えとした星の光が冬の夜を微かに照らすのだろう。シリウスやプロキオン。ベテルギウスなんかが。

「そろそろお土産を見にいこうか。帰りの時間もあるし、パレードも少しだけ見たいし。って、どうかした？」

不意に視線を夜空から隣を歩いていた女の子へ移したのは、彼女が歩みを止めたせい。一、二、三。と、少しだけいきすぎて、僕もまた足を止める。

「あの子、どうしたんでしょうか？」

「え？」

茉莉くんの視線の先には、三歳くらいの女の子が一人でいた。

彼女はきょろきょろとあたりを見回したかと思うと、泣き出しそうになるのをきゅっと我慢するみたいに唇を強く噛みしめた。力を込めた瞳には、それでも堪え切れなくなった感情がふつふつと溜まっていき、やがて流星のような雫になって頬をなぞっていった。

「泣いてるね」

「泣いてますね」

「迷子だと思う？」

「わからないです。でも」

「うん。女の子が泣いている。声をかけるには十分な理由になるんじゃない？」

僕がそう言うと、茉莉くんはとても嬉しそうに、はい、と頷いて女の子の方へ走っていった。

ねえ、と茉莉くんが声をかけると少女の顔に一瞬だけ安堵の笑顔が浮かんだけれど、それはすぐにしぼんでいった。お目当ての相手ではなかったからだろう。

茉莉くんはしかしめげることなく、にっこりと微笑んだ。

「こんにちは。どうしたのかな？　お父さんかお母さんは一緒じゃないの？」

「え？　う、うえっ。わ。わかんない～」

「大丈夫よ。泣かないで。一回、お姉ちゃんと一緒に深呼吸しようか？　はーい、息を大きく吸って。はい、ストップ。そこから吐いて～。うん、上手～。あ、涙、止まったかな？　お名前は言える？」

尋ねつつ、茉莉くんは取り出したハンカチで女の子の涙を拭っていた。

「……マミ」

「そっか。マミちゃんっていうんだ。わたしは茉莉」

「マツリ、ちゃん？」

「そう。仲良くしてね。お父さんかお母さんのお名前はわかるかな？」

それからも茉莉くんは優しい声で、テキパキといろんなことを聞いていった。まあ、見事なもんだった。こういう事態に慣れているのが見て取れる。

ほとんどの質問には答えが返ってこなかったけど、少女が一つ答えるたびに、偉いね、と優しく頭を撫でてあげていた。そうすると、段々、きゅっと強く握られていた少女の手のひらが解けていくのがわかった。

単純に情報を得るだけなら、もっと効率的な方法があったと思う。

現に、マミくんが迷子札を持っていることに、茉莉くんは話の途中から気付いていたし。それでも根気よく対話を続けていたのはきっと、今、一番不安になっている少女の気持ちを少しでも軽くしてあげる為。

優しくて、他人の心を気遣える子なんだ。茉莉くんは。

「ホヅミ先生」

「ん？　なに？」

「すみません。ここにマミちゃんのお母さんの電話番号が書かれてあるんですけど、連絡とってもらっていいですか？　多分、親御さんもわたしみたいな学生より、大人の人と一緒にいるのがわかった方が安心すると思うので」

「いいよ。でも、すみません、は余計だな。僕だって、もう当事者のつもりなんだから」

「は、はい。ありがとうございます」

「だから、ありがとうも余計だって」

苦笑しつつ、僕は受け取った迷子札に書かれてあった番号に電話をかけた。

それから三十分後に、マミくんの両親はやってきた。

少し目を離した隙に、マミくんは一人で別のエリアに移動していたらしい。茉莉くんがマミくんから聞いた話によると、僕らも乗った二段バスを使ってここまでやってきたんだとか。

マミくんの両親はすごく心配していて、何度も何度も茉莉くんや僕に礼を言っていた。短い時間ですっかりと茉莉くんに懐いてしまったマミくんは、お母さんに手を引かれて帰るまでずっと茉莉くんのスカートの裾を握って放さなかった。

「バイバイ」

小さな背中が夜に溶けて見えなくなるまで、茉莉くんもまた手を振り続けていた。

「ちょっと残念ですね」

「なにが？」

「マミちゃん。せっかくの遊園地だったのに、迷子になった思い出が残るのはなんだか寂しいなって思いまして」

「馬鹿だなあ」

思わず、僕はそう呟いていた。

彼女の優しさが、心の在り方が、どこまでも眩しく見えて、少しだけ目を眇めた。

「え？」

「あんな小さいんだ。今日のことなんてすぐに忘れるさ」

「それはそれで寂しいですけど。でも、そうですよね」

それに、と僕はぽりっと後頭部を掻いた。

「もしずっと今日のことを覚えていたとしても。マミくんはきっと、迷子になったことよりも優しいお姉ちゃんと友達になったことしか覚えてないと思うな」

びっくりした顔をして、茉莉くんが僕を見る。

僕は妙に気恥ずかしくなって視線から逃げる。茉莉くんがわざわざ回り込んでくる。しまった。逃げられない。

ぐぬっと思わず言葉に詰まった。

らしくないことなんて、言わなきゃよかった。いつもなら思ってるだけなんだ。口にはしない。でも、今日はなんというか、あまりに茉莉くんが寂しそうにしているから。つい。

やがて、くすくすと笑い声が聞こえてきた。

「なるほど。それは、なんというか、とてもホヅミ先生らしい解釈ですね。ホヅミ先生の作品はいつも、ハッピーエンドですから。でも、うん。わたしはそんな優しい終わり方がとても好きなので、その案を採用することにします」

「やっぱり物語はハッピーエンドじゃないとね」

「ですね」

その頃には、もうすっかりと世界は夜の中に在った。

オリオンの並びがゆっくりと空を横切っていく。

ああ、でもこの場所は夜でもひどく明るいから星が見つけにくいな。ほんと、魔法みたいだ。夜なのに、いや、夜だからか。まるで、星々が僕らのいる地上にまで降ってきているかのよう。オレンジ色のランプが連なって、風に揺れていた。

「もうパレードの時間だ。ほら。見にいこう」

ん、と僕は茉莉くんに手を差し出す。

「はい」

そうして、茉莉くんは僕が差し出した手を握り、それから。ぐいっと引っ張って僕の腕を自分の体に押し付けてきた。やっぱり距離が近いと思う。近すぎる。でも。

「最後までエスコートお願いします」

「まあ、デートだからね」

「そうですそうです。デートなんですから」

デートだから、今はこの距離感でもいいんだと思った。

すっかりと出遅れてしまったパレードを遠くから眺めていた僕たちは、帰宅ラッシュに巻き込まれる前にランドを後にすることにした。

と、その前にトイレ休憩。

僕は早々に任務を遂行したのだが、女子トイレは少しばかり列になっていてまだいくらか時間がかかりそうだった。

ただじっと待つのもあれだったから、目についた明かりの方へふらっと寄っていく。

そして、それはそこに在った。

じっと目が合う。

じっとじっと目が合う。

つぶらな瞳を前に、根負けしたのは僕の方だった。

五分くらいしてから、茉莉(まつり)くんが戻ってきた。

「すみません。お待たせしました」

「これ、あげる」

茉莉(まつり)くんが、はて、という風に僕の手にある袋を見る。僕を見る。もう一度、袋。僕。袋。

あまりに何度もやってしつこかったので、少し揺らして袋を茉莉(まつり)くんの顔にぶつけてやった。

もふんという衝撃と共に、彼女は、わぷと声をあげていた。

「今日、君はとてもいい子だったから、そのご褒美(ほうび)。お土産、見る時間なかったしさ。ぬいぐるみはそれでよかった？」

さっき僕と目が合ったのは、この遊園地のマスコットキャラクターが紋付き袴(はかま)で和装しているぬいぐるみだった。なんでも新年限定バージョンとからしい。

全長で三十センチくらい。

僕はそれを、今日の記念に茉莉くんにプレゼントすることにしたのだった。

「いいんですか？」

「もう買っちゃったしね。よければもらって？」

「ありがとうございます。嬉しいです」

「どういたしまして。喜んでもらえて光栄、です」

「本当に本当に、嬉しいです。わたし、今日のことは絶対に忘れません。何年経っても、何十年経っても。ずっと、ずっと、ずーっとです」

「それは大げさじゃない？」

自分で言うのもあれだが、そこまで大したもんじゃないと思う。

「ちっとも大げさなんかじゃありませんよう」

「……今日のデートは、楽しかった？」

「ホヅミ先生は、何度もそうやって聞きますね」

「わからないんだよ。あんまり、その。デートとかって慣れてないしさ」

慣れてないというか、人生二度目だし。

「わたし、今日は一日中ドキドキしてましたよ。あんなにくっついていたのに、ちっとも伝わりませんでしたか？」

「僕もずっとドキドキしてたから」

僕の言葉に、やっぱりとびきりの笑顔を浮かべる茉莉くん。

それが彼女なりの答えなんだろう。

帰ろうか、お姫様、と茉莉くんへ手を差し出す。はい、と彼女が頷く。最初はたどたどしく、やがて強く。しっかりと。月明かりで作られたうっすらとした影が、一つに繋がれる。

そうして僕たちは、今度こそ本当に駅へと向かって歩いていった。

朝くぐった門から出ると、ぶわっと星たちが夜空に広がった。

今日一日、僕たちにかけられていた魔法が解けていくのがわかる。

少し寂しくて、でも、まだ温かいのはどうしてか。

きっと、ランドから出ても二つの影が繋がれたままだったからだろう。

第十話　作家と重版とハッピーエンド

Hodumi sensei to Matsuri kun to.

〝ホヅミ先生はどうして、小説を書くんですか？〟


茉莉くんに、そんなことを聞かれたことがある。

あれはいつだったか。

まだ出会って、そう日が流れていなかった頃だ。

原稿が思うように進まずに、食べ物がろくに喉を通らなかった。それでも生き物というのはどこまでも不完全な形をしていて、なにも食べなければきちんと腹が減った。お腹がすけば、なにかを口にした。すぐに気持ち悪くなって吐き出した。胃が空っぽになっても、気持ち悪さだけは残り続け何度も何度もえづいた。トイレから出られない夜が続く。

こうなると、まずまともな食事が取れなくなる。

茉莉くんには申し訳なかったけれど、その間はプリンとか、ヨーグルトとか、ゼリーなんかを用意してもらった。それくらいなら、ギリギリ吐き出さずにすむからだ。

不調はそれだけじゃなかった。

目を瞑った途端に胸の内に不安がぶわっと広がっていくので、満足な睡眠も取れない。体を限界まで酷使してから布団にもぐり込み、ずっとずっと強く目を瞑り、祈るような気持ちで体を震わせて、二時間とか三時間くらい気絶するように眠った。

起きても頭は重く、体も重く、はっきり言って仕事のできる体調ではなかったけれど、それでも小説を書いていないと不安になった。起きてすぐにパソコンの前に座り、虚ろな目をして一万字を書き、一万千字を消した。なにをしても駄目な気がした。

全ボツが続いたせいもあっただろう。

あるいは、作風を変えたからか。

これまでなんとか積みあげてきた自信は全て消え失せ、いつだって不安は僕と共にあった。

目の下のクマは濃くなり、頬はこけて。

腕には蕁麻疹と、それをガリガリと掻きむしった赤い爪痕。

ただただ、なんの生産性もない時間だけが流れていった。

あー、と多分百回目くらいの絶叫の後、僕は八割がた書きあがっていた章を丸々消した。

これで何度目だ。ちっとも上手くいかない。上手くいかないから焦る。焦るから上手くいかない。最低の螺旋が渦巻いて、僕の首をじわじわと絞めていく。

ダンッとキーボードを強く叩いた。

真っ白な画面に、法則性のない文字がほとんど同時にいくつか表示された。

痛みだけが熱に変わって手の中に残っていた。

『少し休憩しませんか？』

僕のあまりに悲惨な様子を見かねたのだろう、茉莉くんがコーヒーを入れてくれた。傍には一口サイズのチョコが添えられてある。

渇いた口をコーヒーで湿らせてから、チョコレートを舐めた。噛まずに、溶けて消えるまで、ずうっと舐めていた。その甘さのおかげで、呼吸ができた。

僕はその瞬間まで、自分がまともに呼吸ができていないことに気付いていなかったらしい。

パソコン上で点滅するバーを眺めながら、礼を言う。

『ありがとう』

笑ったつもりだけど、頬がこわばってきちんと笑えていないことがわかる。

『あの、聞いてもいいですか？』

『どうしたの？』

『ホヅミ先生はどうして、小説を書くんですか？』

『どうしてって、どういうこと？』

『そんなに辛そうにしているのに、どうしてまだ小説を書くんだろうって』

『……仕事だからだよ。お金を稼ぐんだ。楽な道なんて一つもない。サラリーマンも、政治家も、公務員も、医者やコンビニ店員、タクシーの運転手。編集者やイラストレーターだって、誰もが泣きたい夜を越えて、眠い朝を我慢して、怒りたいのに耐えて、歯を食いしばって働いてる。職業に貴賤なんてない。どれも等しく大変だ。僕だけが特別なわけじゃない』

なんて、自分でも驚くくらい綺麗な模範解答がするりと口から出ていた。

実際、そういう理由だっていくらかはあるから、まるっきり嘘ってわけでもないし。

『ただ、これが僕の選んだ道ってだけ。これしかもう、生き方を知らないんだ』

『そうですか？　もっと楽な生き方はたくさんあると思いますけど』

『人付き合いが苦手だから、選択肢が少ないのさ』

『小説家だって、誰かと繋がっています。ううん。小説っていう媒体を通して、普通の人よりももっとずっとたくさんの人と繋がっていますよ』

なかなか納得してくれない。

しばし考えて、言葉を継ぐ。

『じゃあ、こういうのはどう？　僕は双夜担当と約束していることがあるんだよ。小説の累計発行部数が百万部を越えたら、彼女になんでもしてもらえるっていう、そういう約束。僕はそれで童貞を捨てるつもりなんだ。それが書き続ける理由』

『先生、童貞だったんですか？』

若干、茉莉くんが頬をひきつらせた。

しまった。余計なことを口にしたか。

『……いいだろ、別に。僕は理想が高いんだ。それに初めては結婚する人とって決めてあるし』

『担当さんって、美人さんなんですか？』

『あれ？　編集部で会ったことないの？』

面接とかもなかったのかな。

それとも、そういうのは総務とかがまとめてやってしまうのだろうか。

『え、ええっと。実はそうなんですよ。お会いしたことなくて。あははは』

『ふうん。まあ、美人だよ。あと、胸がデカい』

『胸が大きいんですか』

『そう。Gカップあるんだって』

『男の人って、本当に胸が好きなんですね』

茉莉（まつり）くんが自分の胸もとに手を持っていく。決して大きいわけじゃないけれど、小さくもない。平均程度。僕は巨乳が好きだけど、それだけが好きなわけじゃない。美乳に、微乳。そういうのも大好物です。慎（つつ）ましい胸の子がそれを気にしている仕草とか、正直、ぐっとくるよね。

『これはきっとアダムの頃から受け継がれてきた男の抱える原罪の一つなんだよ』

『アダムって巨乳が好きなんですか？』

『知らない』

でも、アダムくんも男の子なんだからそうなんじゃないのかな？

男は大体、乳が好き。

『もう。適当なんですから。大体、こういうのはどう、って聞き方からして、つまり本当の理由じゃないってことですよね？』

残念。これも納得いただけないらしい。

『困ったな。どれも本当なんだけど。でも、僕が小説を書き続ける一番の理由は、うん。それは、まだ内緒にしておこうかな。いつか気分が乗った時にでもちゃんと教えてあげるよ』

『ああ！　やっぱりなにかあるんじゃないですか』

はぐらかされたことに拗(す)ねたのか、茉莉(まつり)くんは頰を膨らませていた。

正直なところ、大した理由ではないんだ。

でも、僕はまだそれを口にするだけのことを成し遂げていない。

だから、言えない。格好悪くて、口にできない。男っていうのは、そういう下らないプライドとかってものを必死に守ってしまう生き物だから。

そんなことを、パソコンの前でぼうっとしながら、思い返していた。

あの頃、永遠に終わらないと思えた原稿が、今、終わろうとしていた。

社会人のおっさんがそれまでなんの縁もなかった女子高生と出会って、仲良くなって、ご飯なんか食べるようになって、女の子がいつしか家に押しかけてきたりして。遊園地デートをしたり、勉強を教えたり。

笑って、泣いて、時には手なんか繋(つな)いだりして。

特別なことなんてなにもない。

異世界に召喚されたり、ゲームに閉じ込められたり、空から女の子が降ってくるような運命的な出会いもなければ、強いままでニューゲーム、俺Ｔｕｅｅｅなんて物語の約束事、ラッキースケベなＴｏ ＬＯＶＥる(トラブ)なんてのは、やっぱりなにも起こらない。

僕がいて、君がいる。

本当に、ただそれだけの話。

「まあ、でも、悪くないよな」

茉莉(まつり)くんと過ごしたこの数ヶ月を思い返しながら、僕はページの最後に〝おわり〟と打ち込んだ。それから、体をぐんと思いっきり伸ばす。

「ほんと悪くない。上等じゃないか」

窓の外に、ゆっくりと春へと移ろっていく空が見えた。

水色の大気の中を、白い雲が漂っている。形を変え、流れていく。元いた場所には戻れない。時とはそういうものだ。全てが移ろっていく中で、変わらないものはない。

書きあげたばかりの原稿をプリントアウトしていると、茉莉(まつり)くんがやってきた。

外は寒いのか、鼻の頭が赤くなっていた。首に巻き付けていたマフラーを取り、コートを脱いでいる。僕は言った。

「ああ、ちょうどいいや。これ、読んでくれる？」

「……完成したんですか？」

「うん。多分。でも、一番大事な作業がまだ残ってる。感想を聞かせてもらえるかな？」

「わたしでいいんですか？」

「馬鹿だな。君じゃなきゃ駄目なんだよ。茉莉くんがいてくれたから書けたラブコメだ」

プリンターの熱が残った原稿用紙百四十一枚を、茉莉くんに渡す。

手の中にあった重みがふっと軽くなる。

原稿が僕の手から離れていった。

茉莉くんが正座をして、原稿用紙を一枚、また一枚と丁寧にめくっていく傍で、僕はずっとネットサーフィンをしていた。茉莉くんがふっと笑うと、彼女から見えない位置でガッツポーズをした。困ったように唸ると、心配になった。呼吸が止まった。多分、心臓も止まっていた。

ピンと張り詰め、皺の一つもなかった紙が、彼女の手で強く握られると嬉しくなった。読まれたページの端は彼女が込めた指の力と汗で、少し歪んでいた。

読者に目の前で小説を楽しんでもらえる。

喜んだ顔を間近で見れる。

こんなに心臓が痛くて、でも贅沢な時間もないな。

二時間が経過した頃、茉莉くんが深い息を吐いた。

気付けば、窓の外は黄昏に沈んでいた。

夜が訪れる直前の、金色の風景。

トントンと原稿の束を揃える音がする。

僕は茉莉くんの方を振り向き、内心、ビクビクしながら尋ねた。

「どうだった？」

茉莉くんは笑った。

それはもう、幸せそうに。


「――おもしろかったです」


それだけで全てが報われる。

僕がこの物語に懸けた時間や想い。その全てが。

「もっと、たくさんの言葉で伝えられたらいいんでしょうけど。でも、わたしにはこれが精いっぱいです。面白かったです。これはちゃんとホヅミ先生の作品ですね。最初のファ、ファ、ファンであるわたしが保証します。とてもとても面白かった」

「いや、十分だよ。よかった。ありがとう」

これで、本当に完成だ。

〝おわり〟を書いた時点がゴールじゃない。誰か一人でもいい。僕以外の誰かに〝面白い〟と言ってもらえてようやく完成するのだ。

だって、小説は誰か(きみ)に読んでもらう為(ため)に存在するのだから。

それからはもう、あっという間だった。

双夜(ふたつや)担当からいくらかの指摘が入り、茉莉(まつり)くんの意見を聞きつつ、初稿を改稿して第二稿を作成。その段になってようやく、本格的に企画にGOサインが出る。

発売は、四月。

ノンストップで全てが進んでいく。

アニメ漫画専門店での購入特典用に依頼されたSSを三本ほど書きあげ、校閲の指摘が入った原稿を使って、漢字の表記ゆれや、わかり辛い表現、物語の矛盾を一つ一つ潰していく。

これがまた、結構大変なんだ。

僕なんかだと、一週間で同じ原稿を五十回くらい読み直したりする。

十を超えたあたりで物語を読んでいるのか、文字の羅列を見ているのか判断がつかなくなり、二十を超えると感覚がマヒして面白さがわからなくなる。頭と目なんか、めっちゃ痛い。三十から先は気が狂うし。ちょっとした拷問だ。いっそ殺して。

　となると当然不安にかられ、双夜担当に、これ、本当に面白いかな、なんて弱音を漏らしてしまうってわけだ。彼女は息をするように、しれっと断言する。

「大丈夫です。ちゃんと面白いですよ」

　本当なのか、慰めなのかわからない。

「本当に？」

「本当ですって。自信もっていきましょう」

「全部、書きなおした方がよくない？」

「そんな時間はありません」

　この時の僕は最高に面倒くさいので、どれほど面白いと言われても疑ってしまうのだった。いつものこと。双夜担当にも面倒だと言われたし、茉莉くんにも言われた。二人に百回くらい尋ねて、百回とも同じ回答をもらう。

　百一回目で、双夜担当は悲鳴をあげた。

「いい加減にして。そんなに心配なら原稿をもう一度、ちゃんと読んでみるといいわ」

　そうしてしぶしぶ五十回目の原稿を読み終えた後にはいつも、あれ、めっちゃ面白いじゃん、と思ってしまうから不思議なものではあるのだけど。

　発売の二ヶ月前には表紙イラストが届き、それのチェック。

カバーデザインと同時に、口絵やモノクロイラストも続々と届く。

この段になると、もう僕にできることは特にない。

そうして、季節は流れていった。

冬が終わり、春を迎える。

茉莉（まつり）くんが二年生に進級したというその日、我が家に献本が届いた。献本ってのは、要するに見本みたいなもんだ。あと一週間もしない内に、これがたくさん刷られて本屋に並ぶ。

キリキリと痛む胃に顔を歪（ゆが）めながら、

「おかえり」

茉莉（まつり）くんをいつものように迎え入れた。

「はい。ただいま帰りました。先生、今日は一段と顔色が悪いですね」

「もう発売まですぐだから。本の発売前は、いつもこんなもんだよ」

「やっぱり、修羅の職業ですよね、作家って。ご飯、消化にいいものを用意しますから、食べられそうならちゃんと食べてくださいね」

「善処する」

「体壊しちゃったら、元も子もないですよ」

呆（あき）れたようにエプロンを身につけ、ちゃっちゃっと手早く髪をまとめあげていた茉莉（まつり）くんの手が不意にピタッと止まった。

その視線は、編集部から届いた段ボール箱に注がれている。

「せ、先生。それは？」

まるで宝箱でも見つけた海賊みたいに駆け寄ってくる。

「献本。本が完成したから届いたんだ」

「……少しだけ見たら駄目ですか？」

「ん？　ああ、というか、あげるよ？」

「いいんですか？」

「もちろん。十冊くらいあるから好きなだけどうぞ」

「や、でも、自分でもちゃんと買いたいので一冊でいいです」

茉莉くんマジ天使。

全人類が茉莉くんになったら、きっと世界は平和だ。

誰もが健やかに、穏やかに、過ごせるだろう。これはもう、あれだな。そういう人類補完計画を国家規模で行うべきじゃない？　誰か政策打ち立てて。選挙の時、僕、投票するよ。

「君は本当にいい読者だなあ。ほい」

出来立てほやほやの一冊を茉莉くんに渡す。カバーのつるっとした感触も、紙のさらっとした手触りも、指を切ってしまいそうな鋭利な縁も、本当に出来あがったばかりって感じがする。

辛いこともたくさんあったけれど、それでもこうして物語が一冊の本になるのは、何度経験しても嬉しいもんだった。

わーっと口を開けながら、茉莉くんはパラパラと本をめくっていた。

何度も読んでもらって感想や意見をもらったから本文については知らないところがないだろうけど、唯一、あとがきだけは彼女も関与していない。案の定、最後の数ページで手を止め、読み始めていた。ちょっとこそばゆかったりする。

今回のあとがきには、恒例の謝辞にいつもと違う文言を一つ加えているからだ。


〝執筆にあたって一番近くで僕を支えてくれたヒロインのモデルに、格別の感謝を〟


まあ、つまりはそういうことだった。

やがて、茉莉くんの顔が耳まで真っ赤になった。つられてこちらまで赤くなる。改めて見ると、キザすぎたかな。でも、もう本になってるから取り返しはつかないし。

しばらくしてから、茉莉くんはようやく口を開いた。

「この、あとがきのこれって。ヒロインのモデルってことは、ええっと、だから」

「うん。まあ、君のことだよ」

やっぱり照れくさい。

頬をぽりっと掻いてしまう。そうこうしていると、茉莉くんがずいっと新刊を僕の目の前に差し出して、ぱっと頭を下げた。その手は少し震えていた。

「あの。せ、せんせー！　サインください」

「急にどうしたの？」

「我慢してたんですけど、もう駄目です。限界です。本当はずっとホヅミ先生のサインが欲しかったんです。お、お願いします」

「そんなの、早く言えばよかったのに。サインなんていくらでも書くよ？」

「でも、だって。……わたしはズルをして先生の傍においてもらってるから」

「バイトだからって、君は真面目すぎだな」

ペンケースから油性ペンを取り出し、筆を走らせた。

大したサインじゃないから、十秒もかからない。それから、今日の日付と。宛名。……宛名。

そういえば、どういう漢字なのか知らないな。

「〝しろはなまつり〟ってどういう漢字を書くの？」

「ええっと、白花はそのままです。白い花。茉莉は、ジャスミンって言えばわかりますか？」

「ああ、森鷗外の長女と一緒の茉莉？」

「すみません。それはわからないです」

ふむっと考えてから宙にさらさらっと書いてみると、筆の運びを見て茉莉くんは頷いた。

「そうです。その漢字です」

「了解」

〝白花茉莉（しろはなまつり）くんへ〟

最後にそう書き込んで、完成だ。

「よし、できた」

「ありがとうございます」

茉莉（まつり）くんに本を渡す。

「それにしても、白色の茉莉花（まつりか）か。こういうのを名は体を表すって言うのかな」

「どういうことですか？」

「ジャスミンの花言葉は、愛想（あいそ）がいいとか、愛らしさだから。誕生日はもしかしたら、六月八日なんじゃない？」

「え、すごい。正解です。どうして？」

「だって、その日の誕生花がジャスミンなんだもの」

「先生、花にも詳しいんですね」

「いや、ジャスミンについてだけは、昔、どうしてか調べた覚えがあって。だから、知ってるのは実はこの花だけなんだ。あとは、たとえば、そうだね。ジャスミンは色の違いによっても、それぞれ花言葉があるんだ。黄色だと優美と優雅。そして、茉莉（まつり）くんの名前と同じ白いジャスミンは、温順、柔和。温順は素直なことで、柔和は優しくて穏やかなこと。うん。やっぱり君にぴったりだ」

「あ、それは知ってます。前に教えてもらいました、から。だから、名前のように在ろうと、わたしは辛いことがあっても、今日までずっと頑張ってこれたんです」

「そっか。もっと詳しく知りたいなら、今度、ご両親に名前の由来を聞いてみるといいかも。多分、いろんなことを考えて、たくさん調べて、君の名前をつけただろうから」

「……教えてくれるでしょうか？」

不意に、どうしてか悲しみの色が茉莉くんの顔に濃く浮かんだ。

その感情をどうしていいのかわからずに、構わず続けた。

「大丈夫さ。ジャスミンって花の名前の由来については聞いたことある？」

「いいえ」

「じゃあ、最後に一つだけ教えておこう。ジャスミンって、ペルシャ語で〝神からの贈り物〟を意味する〝Ｙａｓｍｉｎ〟が語源になってるんだって。君はご両親からのたくさんの愛と祝福の中で生まれてきたんだよ」

どうでしょう、と茉莉くんは呟いた。

「そこまで考えてなかったと思いますけど」

「その辺も含めてさ、聞いてみるといいんじゃない？」

ややあって、茉莉くんは、はい、と頷いた。

「機会があれば、聞いてみますね」

やっぱり、少しだけ寂しそうな顔をしながら。

「ホヅミ先生。童貞卒業、おめでとうございます！」

「いきなりなんの嫌味だあぁあどちくしょぉぉぉ。意外かもしれないけどさ。こう見えて、実は僕、まだ女の子を知らないんだよね！」

「意外でもなんでもないです。当たり前のことを叫ばないでください。セクハラですよー♪」

「うっそだろ、おいっ。どっちがセクハラだっ！　ええ、今日はなんでそんなテンション高いの。こわっ。つか、当たり前のことってなにげにひどくないっ？」

〝放課後、制服姿の君と。〟が発売されて、三日目。

珍しく、このタイミングで双夜(ふたつや)担当が電話をかけてきた。

いつもなら、大体一週間くらい後に電話をかけてくるのに。

このあたりの事情は、僕ら作家にとって大変面白くない〝初動売り上げ〟ってヤツが関係してくる。要するに、新刊が発売された直後に売れた冊数のことなのだが、この数字を見て、ライトノベルだと続巻が出せるのか、出せるとして何巻くらいまでなのかが判断されるってわけなのだ。この数字が芳(かんば)しくないと、発売一週間とかで打ち切りが決まったりもする。

初動売り上げ、マジ大事。

お財布に少しでも余裕がある人は、発売から一週間以内とかに是非とも買ってあげてね、というか、買ってください。お願いします。続き、書きたいんです。

僕はスマホ片手に、窓辺に座った。

青い春の日が、そこには広がっていた。

「それはもう、嬉しくもなるってものよ。うふふふ」

「なんでさ」

「本当におめでとうございます。売り上げが好調なので、発売三日で重版決定です」

言われた意味がよくわからなかった。

思わず、スマホを落としそうになる。

「え？　あ？　は？　……うそ」

「こんなことで嘘つかないわよ」

「あははは。騙されないぞ」

「騙してなんかいないから」

「じゃあ、夢？」

「夢でもないわ」

「重版、するの？」

「重版するわ」

「本当に？」

「ええ。重版童貞、卒業おめでとうございます‼」

頬を引っ張ってみると、確かに痛かった。夢じゃない。夢だけど！　夢じゃなかった！　いや、今、この瞬間に夢は夢じゃなくなった。

重版！

冬の朝の雪原のように真っ白に染まった頭に、その文字だけが何度も刻まれて、ようやく僕は現実に起こっていることを実感する。

じわじわと、本当にじわじわと膨らんでいた感情が一瞬で弾(はじ)けた。

「うっ」

拳を固く握って、高く突きあげる。

「ホヅミ先生？」

「う、うおおおおおおおおおおおおおおおおお！」

叫んだ。そりゃもう、力いっぱい叫んだ。叫びすぎて、むせた。ごほっ、ごほっ。うへえ。涙も出てきた。それがやがて、喜びの涙になった。体から力が一気に抜けていく。

ぽろぽろと涙は零れ続けた。

熱い、熱い、熱い。

喜びが温度をあげ、胸を焦がす。

ここまで、五年以上かかった。

何度も何度も諦めかけた。

心は折れて、死を選びそうになったこともある。

それでも、諦めきれなかった。

捨てきれなかった。

たった一つきりの夢だった。


「よっしゃああああああああああああああ！」


怖かった。

道を間違えたんじゃないかって。

いつも怖かった。

無責任な誰もが口にした。無理だよって。小説で食べていくなんて現実的じゃないって。でも、大丈夫だ。僕は間違ってなんていなかったんだ。そうだろ。

僕は、みんなに恥じない自分になれただろうか。

「ふふ。大喜びね。まあ、無理もないか。発売日に買って読んでくれたファンの人たちが、SNSで感想とかファンアートをすぐにあげてくれたみたいなの。ああ、そうそう。POP☆コーン先生も描き下ろしのイラストで応援してくれたのよ。今度、お礼を言っておいてね。そこからは一気に広まっていったって感じかしら。専門店でも売り切れが続出。追加発注で特設コーナーを設置したいって言ってくれてるお店もあるわ。このまま伸びれば、二巻発売前に再重版もありえるかも。営業も力を入れてくれるって約束してくれたし」

「ふ、双夜担当。僕、僕はぁ、僕は、さぁ」

想いが上手く言葉にならない。

ああ、違うか。体が感情に追いついてこないんだ。僕はそいつがやってくるのを待って、ぽつりぽつりと降り始めの雨のようにたどたどしく言葉を継いでいく。

「なあに？」

「怖くて、本当に怖くて。誰も読んでくれないんじゃないかって。楽しんでもらえないんじゃないかって。不安で、眠れなくて、飯もろくに喉を通らなくて」

「うん」

「それでも、双夜担当とか、ポンコツとか、茉莉くんが面白いって言ってくれるから、信じてくれるから、頑張ってみようって。ほんと、それだけで。それだけを支えにしてさ」

「ええ」

「たくさんの人に読んでもらえるのが嬉しい。ああ、そうだ。僕は今、すごく嬉しいんだ」

「そうよ。だから、先生。涙を拭きましょう。ここはゴールじゃない。まだスタートなんだから。百万部売れるラブコメを書くんでしょう。勝負はこれから。二巻、三巻ですよ」

「わかってる。でも、僕にとっては現状、最高のハッピーエンドだよ、これ。ああ、そうだ。茉莉くんにも知らせなきゃ。次はいつきてくれるかな」

僕はぐしぐしと濡れた瞳を拭った。

喜びのカケラで、手のひらは濡れていた。

「本が発売した途端にきてくれなくなるんだもんな。全くさ。まあ、バイトだから仕方ないいんだろうけど。でも、続刊決定ってことは、バイトも継続ってことだよね？」

茉莉くん、喜んでくれるかな。

喜んでくれるよな、きっと。

春の空に、どこからか優しいバラードが流れてきた。

アパートの住人の誰かが、窓を全開にして音楽を聴いているのだろう。

まるで、映画のエンディングに流れるような、気持ちをぐっと揺さぶられるような、春色のバラードだった。

「双夜担当から、また茉莉くんにきてくれるように連絡しておいてよ。〝放課後、制服姿の君と。〃が書けたのは、本当に茉莉くんがいたからなんだ」

「ねえ」

それを合図に、曲のラストフレーズと、双夜担当が呟いた、待って、がぴったりと重なった。

だから、続く彼女の声だけが、やけにはっきりと耳に残った。

「ホヅミ先生、嬉しいのはわかるけど少し落ち着いて」

「落ち着いてなんかいられないって。ああ、もう。どうして、今日、茉莉くんがここにいないんだろう。あ、そうだ。編集部にきてたりはしないの？」

「だから待ってってば。ホヅミ先生、あの、ごめんなさい。話がさっぱり見えないのだけれど。さっきから話題に出してる茉莉くんって誰のことなのかしら？」

瞬間、僕の世界から全ての音が消し飛んだ。

一拍遅れて、心臓が勢いよく走り出す。

ドクン。

血液が巡っているのがわかる。

桜が散っていく様子が、スローモーションで瞳に映る。

ゆく末を目で追う。

世界を斜めから横断するように、チラチラ舞って、光を反射して、やがて景色に溶けて見えなくなる。黒い靄みたいなものが、胸の中に立ち込める。

こういう時、得てして悪い予感というのは当たってしまうものだ。

いやいや、違うだろ。

なんだよ、悪い予感って。

今日は気持ちのいい春の日で、僕にとって待ち望んでいた最高のハッピーデーで、これからなにもかもが上手く回っていく、そんな門出のはずだろう。

悪いことなんて、なにもないはずなんだ。

「誰って、冗談言うなよ。ははっ。双夜担当も相当な役者だなあ」

声は、でも、震えていた。

「あ、もしかして、あとがきに書いてた執筆の協力をしてくれた子のこと？　よかったら、私からもお礼を言いたいのだけど、紹介してくれないかしら」

「な、なにを言ってるんだよ。茉莉くんだよ。女子高生の白花茉莉。双夜担当が雇ったバイトだろう？　僕の執筆の手伝いをさせる為にさ」

「ホヅミ先生、なにか勘違いしてない？　私、そんな名前の女の子、知らないわ」


「……は？」

双夜担当が知らない？

どういうこと？

そういえば、茉莉くんも双夜担当の顔を知らないとかって言っていたっけ。待って、待って。じゃあ、あの子は、編集部が雇ったバイトでもなんでもなかったということか？

それなら、この半年間、僕の傍にいたあの女子高生は一体、誰だったんだ？

エンドロールのその先に、白花茉莉という少女はいない。

それから、もう茉莉くんが僕の部屋にくることはなかった。

第十一話
作家と白花茉莉と本当のこと

Hodumi sensei to Matsuri kun to.

〝放課後、制服姿の君と。〟が発売されてから十日が経った。

発売直後の重版が呼び水となったのか、すでに前回よりも大きめの重版がかかることが決まっていた。これで三刷り目。

デビュー作からずっと鳴かず飛ばずだった作家の新シリーズとしては異例の売れ行きらしい。

ライトノベルの新刊だけ取ってみても、ひと月に多分、二百冊くらいは刊行されているはず。単純計算で週に五十冊。客の目を惹く平台には限りがあるので、置かれているのは人気作か発売直後の作品だけ。一週間もすれば、多くの作品は棚へと収められてしまう。

そうなると、もうヒットは絶望的だ。

けれど、〝放課後、制服姿の君と。〟は違う。

ポンコツが描き下ろしてくれた重版祝いイラストを使用した様々な販促グッズがすぐに作られ、多くの本屋でアニメ化作品を含む人気作と並んで、平台に置かれている姿を目にするようになった。どころか、日々、平台を占める面積は増え、書店員一押しという手製ＰＯＰが付き、需要に対して供給が全く追い付いていない。このままのペースだと、四刷り、五刷りもありえるらしい。そこまでいけば、まず打ち切りはないと双夜担当は言った。

完全に追い風が吹いていた。

あとは上手くこの風を捕まえ、遠く遠くまで飛んでいくだけ。

僕がずっと待ち望んでいた風だった。誰もが乗れるものじゃないんだ。才能だけでは駄目。運だけでも足りない。タイミングとか流行とか読者のニーズという額に、イラスト、タイトル、カバーデザイン、帯、内容。そういうのが過不足なくがっちりと嵌らなくちゃいけない。選ばれた、本当に幸運な人間だけが進める道が、今、僕の前に開かれている。

去年のクリスマスイブに、双夜担当が言っていたセリフを思い出した。

『きっと、世界は君を見つける』

その通りになったってわけだ。

だというのに、僕は――。

「――ミ先生。ホヅミ先生ってば」

電話のむこうから、双夜担当の声が聞こえてくる。

輪郭を淡くさせていた意識が、呼び起されたみたいにはっきりしていく。少しくすんだ窓から、春色の風が入り込んで前髪を揺らした。視界の端で、黄色い光がチラチラと弾（はじ）けている。ホヅミ先生、髪、だいぶ伸びてきたんじゃないですか。先生は短い方が似合っていると思いますよ。そんな声が聞こえた気がして、不意に部屋を見回した。狭い部屋だ。窓際（まどぎわ）に座っている僕からは一望できる。

でも、にんまりと笑って、指でハサミをチョキチョキと動かす仕草をしていた女子高生の姿はどこにも見つけることができなかった。そこにいるわけないと知っているのにも拘らず、それでも僕は何度も何度も見回した。がらんとした空間に、有りもしない希望を求めていた。

「もう、ちゃんと聞いてるの？」

「え？　あ、ああ。えっと、なんだっけ？」

「なんだっけ、じゃなくて。〝君と。〟シリーズの今後の展開についてよ。編集部としては、今の追い風を絶対に逃したくないの。なので、できるだけ短いスパンで二巻、三巻と発売していきたいって方針なわけ。現状の売り上げを見て、そうね。四巻くらいまでなら、もうプロットを提出してもらってかまわないわ。どうかしら？　できそう？」

「多分」

「多分って。そんな自信なさそうな声で言わないで。どうしたのよ。らしくないわ。いつもの君なら、無理そうでも、できるって即答してきたじゃない。ホヅミ先生。しっかりしてください。ここが勝負どころなことは、わかってるでしょう」

僕は答えられなかった。

もちろん、双夜担当の言っていることを理解していないわけじゃない。逆だ。誰よりもよくわかっている。僕はまだヒット作を生み出したわけじゃない。ヒット作になれる可能性を秘めた作品を書いただけ。一冊が爆発的なヒットになる一般文芸と違い、読者層が極端に狭いライトノベル業界では、二巻、三巻と続けていくことでヒット作へ成長していく。そう。頭ではわかっているんだけどなあ。心が、体が、ちっとも動かない。

こちらの反応を見て、今はなにを言っても無駄だと感じ取ったのか、双夜担当は、はあ、とため息を零した。

途端に、彼女のスイッチが切り替わる。仕事モードはＯＦＦへ。声のトーンが少し高くなり、僕の呼び方が本名の〝朔くん〟へと変わる。

「〝茉莉くん〟だったかしら。まだ、彼女のことを考えているの？」

「悪い？」

「いいえ。やるべきことをきちんとやっているなら、いくら考えてもらっても文句は言いません。でも、今の朔くんはやるべきことをちゃんとやっていないじゃない」

正論だった。

故に、僕はやっぱり言葉に詰まる。

正しさというのはシンプルに強くて、どれだけ感情を武器に戦おうとも決して勝つことはできないのだということを、ある程度、年齢を重ねた僕がよく知っていたからだ。

「そもそも、その茉莉くんっていう女子高生は本当にいたの？」

「どういうこと？」

「だって、朔くん以外に見た人も会った人もいないんでしょう。連絡先も交換していないって言うし。幽霊とか妖精とか。童貞を拗らせた君が見てしまった幻覚って可能性はないの？」

「知り合いの誰とも会っていなかったり連絡先を交換する必要がなかったのは、基本的に僕の部屋でしか会っていなかったからで。編集部の雇ったバイトだと思っていたからで。でも、ランドにデートにいったし、スーパーで買い物したりしたから、茉莉くんはちゃんといたんだよ。ご飯だって作ってくれたし。幽霊とか幻覚が、そんなことまでしてくれるはずないだろ」

「あのね、逆に素性のわからない人間を部屋にあげてたって可能性の方が怖いのよ？　少し考えれば、わかるでしょうに。編集部にわざわざ作家の家事手伝いをさせるようなバイトを雇う余裕なんてないことくらい。……一応聞いておくけど、通帳とか盗まれてないわよね？」

「さすがに怒るぞ」

「私は朔くんの心配をしてるのよ」

「茉莉くんは、そんな心配をされる女の子じゃない」

はあ、と本日何度目かになる双夜担当のため息。

もう一度、彼女のスイッチが編集者モードに切り替わる。

「もう。わかった。わかりました。この件について、私は今後、一切、口出ししません。勝手に好きなだけ落ち込めばいいじゃない。でも、原稿だけはきちんと進めて。今月中に、最低でも二巻のプロットは提出してください。ホヅミ先生の担当編集として、そのラインだけは譲れないわ。私には、私が惚れ込んだ作品をたくさんの人に届ける義務があるの。そのチャンスを潰すような真似は、たとえ作者であっても絶対に許さない」

「……わかった」

「はい。じゃあ、今日の打ち合わせはこれで終わりにしましょう。お疲れ様でした」

「お疲れ様」

「ところで朔くん、あれはもう届いた？」

仕事が終わったからか、双夜担当の声のトーンが少し明るくなる。

「あれ？」

「君のやる気を出させる為のカンフル剤。今回はいつもより反響が多くて、上は四十代の男性から下は女子中学生まで様々だったのよ」

「えっと、なんの話？」

「あら？　まだ届いてないのかしら。二日前に発送したから、そろそろだと思ったんだけど」

「ちょっと待って」

もしかしてと思い、電話を繋いだまま玄関の扉を開ける。

扉のすぐ傍には、雨風にさらされ続け、すっかりと色あせてしまったボロボロの洗濯機が置いてある。

この近辺を担当している配達員とはすっかりと顔見知りになっていて、玄関のチャイムを鳴らして僕が出てこなかった時、かつ、ポストに入りきれないような大きな郵便物は、再配達なんてせずこの洗濯機の中に入れておくように頼んであるのだった。

洗濯機のふたを開けると、予想通り、編集部からの荷物が入っていた。

ひょいっと手にする。品名の欄には見慣れた双夜担当の字で〝ファンレター〟と書かれてあった。それをそのまま読んだ。

「ファンレター？」

「ええ、そうよ。よかった。ちゃんと届いてたのね。やっぱり作家の先生たちを一番やる気にさせるのは読者の感想だから。私たち編集者にとっても、とっておきの〝秘密兵器〟なのよ」

秘密兵器。

ふと、その響きに引っかかりを覚えた。

そもそもの話。僕が茉莉くんのことを〝編集部が雇ったバイト〟だと勘違いしたのは、双夜担当が僕に〝秘密兵器〟を送ったとかって言ったからだ。

「あのさ、双夜担当。一つ聞きたいんだけど。前に僕に向かって〝秘密兵器〟って言ってたのも、もしかして〝ファンレター〟のことだったりする？」

「ううん。そうね。よく覚えてはいないけど、君にそう言ったのなら、多分、ファンレターのことだと思うわ。重版もコミカライズもアニメ化も、これまで縁はなかったわけだし」

「余計な情報まで、どうもありがとう」

双夜担当の嫌味に応えつつ、僕は思考の海へ船をこぎ出す。

だとしたら、どういうことになる？

あの秋の終わり。白銀の月明かりに照らされた少女は、確かにファンレターと書かれた郵便物を手にしていた。それこそが、双夜担当の言っていた秘密兵器だったってわけだ。

だけど、どうして茉莉くんがその荷物を持っていた？

いや、疑問点はそれだけじゃない。

わからないことは他にもある。

なぜ茉莉くんは、この住所に住んでいる人間のことを空束朔ではなく、作家の八月朔日だと呼んだ？　呼ぶことができたんだ？

よくよく考えればおかしいじゃないか。僕はメディアへの顔出しを一切していない。もちろん、住所だって公開していない。近所に住む人間ですら、僕が作家をしていることは知らない。

荷物の宛名を見てわかったとか？

いいや、それも違う。

だって、編集部からの郵便物は全部、ペンネームじゃなくて本名で届くから。

空束朔と八月朔日を結びつけるのは無理だ。であるなら、編集部となんの関係もないただの一読者である彼女が、作家の住所を知っていたのはどういう理由が考えられる？

偶然、ではないよな。その一言で片付けてしまうには、あまりにいろんなことが重なりすぎている。ここまでくれば、必然だ。

とすると、あとなにか一つ。もう一つでもいいから情報があれば、全部が繋がりそうなものなのに。繋がりそうで繋がらない糸に僕がイライラしていると、

「あら？　別に全部が全部、嫌味で言っているわけじゃないのよ？」

その最後の一ピースを双夜担当が不意に零した。

「もう随分と前のことだから君は忘れてしまっているかもしれないけど、私は今でもあの日のことを覚えているわ。編集部で〝季節〟シリーズの二巻の打ち合わせを終えた後だったかしら。初めて届いたファンレターを前にして、朔くん、小さな子供みたいに喜んでいたわよね。ファンレターを送ってくれたのは、十一歳の女の子だった。そう。若い女の子のファンレターはライトノベルだと珍しいから特に覚えている。たどたどしい字で、おもしろかったです、って書かれていたの。朔くん。いえ、ホヅミ先生ったら、それを見ていきなり泣き出しちゃって。男の人の涙なんて久しぶりに見たわ。でも、綺麗な涙だった。そして、真っ直ぐに言ったのよ」

「……なんて？」

「〝決めた。僕は一生を懸けて作家をやる〟って。だから、ホヅミ先生にとっての秘密兵器は、あの日からずっと読者からのファンレターなわけ。君は誰かの為に物語を紡ぐ作家だから」

「あ‼」

「思い出した？」

思い出した。

「うん。ありがとう。それから、ごめん。打ち合わせ終わってるなら、ここでもう電話を切ってもいい？　ちょっと急ぎの用事ができた」

「え？　あ、はい。もちろん。じゃあ、プロットだけくれぐれもよろしくお願いします」

「わかった」

……いた。

見つけた。

世界中でたった一人、僕の住所を知っている読者が。

最初に、僕の作品を〝面白かった〟と言ってくれた人。

どうして忘れていたんだろう。大事な人だったのに。忘れちゃ駄目な人だったのに。他のなにを忘れても、全てを捨ててしまっても、僕が絶対に手放してはいけないものだったのに。

慌てて部屋に戻り、そして、押し入れの前に立ち尽くした。はっ、はっ。緊張していた。ここには僕のファンレターがしまってある。

けれど、僕は自分の未熟さ故の無力さに苛(さいな)まれて、読者の期待に応えられないことが辛(つら)くて、本当に長い間、それらと向き合うことができずにいたのだ。

なんとか扉にかけた手は、震えていた。右手に左手をそっと添える。ゆっくりと力を込める。

すすっと音がして、扉で閉ざされていた空間に光が射(さ)していく。

いつからか未開封のままになっている郵便物の山の上に、目につくように空色と白色をした二つの封筒が並べてあった。片方の消印は、もう何年も前。

僕が初めてもらった手紙だ。

まずはそちらから、破いてしまわないように慎重に封筒から取り出した。

――おもしろかったです。

瞬間、全ての点が星座のように繋(つな)がって、僕は五年半前の記憶をはっきりと思い出す。

桜色の便箋にたどたどしく書かれたたったそれだけの言葉が、僕の指針になった。人生の全てを捧(ささ)げようと決心したのだ。この一言の為(ため)に、自分の全てを懸けるって。

そんな風に背中を押してくれた君の名前は。

〝白花(しろはな)まつり〟

ああ、ずっとここにいたんだね。

いや、前に教えてくれていたっけ。

僕の作品の最初の読者(ファン)だって。

名前の漢字は難しくて、まだ学校で習っていないとファンレターには書かれてあった。だから、僕は白花(しろはな)という名字と難しい漢字というヒントから、ジャスミンの花を想像しながら返事を綴(つづ)ったんだ。よく知らない花だったから、調べもした。

もしかしたら、君の名前は〝茉莉(まつり)〟って書くんじゃないかって。

白い花の茉莉花(まつりか)には、温順とか柔和って意味があるんだよって。

そして、凡ミスを一つ犯したことも思い出す。僕は初めてのファンレターに浮かれ、返信の封筒に自らの住所を書いてしまったのだった。ああ、そうだ。個人情報の流出に、少しだけ不安になったっけ。でも、なんにも起こらなかったからすぐに忘れてしまっていた。

続いて、もう一方の、今度は新しい空色をした封筒を手にする。中には、白と黄色の花が散りばめられた二枚の便箋と銀色の鍵が入っていた。僕の部屋の鍵だった。

——面白かったです。

随分と綺麗(きれい)になった文字で、そう書かれてあった。

拝啓、八月朔日先生
こんにちは。
先生の部屋を訪れる最後の日に、学校でこの手紙を書いています。
桜の花が咲いて、空は青くて、空気は暖かくて。グラウンドからは、サッカー部が練習するかけ声が聞こえています。とても気持ちのいい春の日です。でも、さよならを告げるには、少しだけ気持ちがよすぎるかもしれません。春は出会いの季節だから。

開け放たれた窓から見あげた空は青くて、多分、茉莉くんも似たような空の下でこの手紙を綴ったのだと思った。便箋の上で、僕の形を切り取ったやけに淡い輪郭をした影が揺れていた。
ざあっと風の音がした。

なにも言わずに去ってしまうわたしに、先生は戸惑ったでしょうか？　あるいは、怒ってしまいましたか？　それとも、しょうがないなあと笑ってくださるでしょうか？

たくさん、戸惑ったよ。
少し、怒った。

笑ってやることは、できなかったな。
しょうがないなあ、と思えるかは君次第。
これから、たっぷりと言い訳を聞かせてくれるんだろう？

さて、今回、こうして筆を取ったのは、先生にいろんなことを直接、お伝えする勇気がなかったからです。
楽しい話ではないのですが、少しだけわたしの昔話に付き合ってくださいますか？

もちろん、いいよ。

わたしが母親に捨てられたのは、十一歳の秋のことでした。父親はわたしが小さな頃に病気で亡くなり、それまで母が一人でわたしを育ててくれました。けれど、それは母にとってとても大変なことだったのでしょう。いつしか、わたしは重荷になっていたようです。

不意に、茉莉くんの悲しそうな笑顔が思い浮かんだ。
あれは、そう。
彼女に名前の由来を教えてあげた時のことだ。

僕が、君はご両親からのたくさんの愛と祝福の中で生まれてきたんだよ、なんて言ったら、どうでしょう、と困ったように笑っていたっけ。

『そこまで考えてなかったと思いますけど』

僕は、なにも知らなかった。

茉莉くんの過去も、想いも。

ぎりっと、歯を強く噛みしめた。

その日、わたしは母に連れられ出かけました。

これから捨てられるということも知らずに、馬鹿なわたしはニコニコと笑っていました。いつも一人で家にいたわたしは母と一緒にいられるだけで嬉しかったというのに、途中、珍しく本屋さんに寄って、母がわざわざわたしの為に一冊の本を選んでくれたからです。発売されたばかりで、平積みにされていた本でした。多分、アニメっぽい絵柄が表紙だったので子供向けの小説だと考えたのでしょう。

旅のゴールは、知らない町の知らない道路。

ここで少し待っていなさい、と言われるがまま、わたしは買ってもらったばかりの本を読みながら、母を待ち続けました。

その本は、これまで読んだどの物語とも違っていました。

文字たちはキラキラと輝いて、ストーリーは優しいメロディみたいで、込められた感情は時に甘く、時に切なく。なんて素敵な文章なんだろうと何度も胸が高鳴りました。

登場人物たちの声が聞こえるような、目の前に彼らが現れたみたいな。

なんというタイトルの本なのかは、八月朔日先生が誰よりもご存知なはずです。

先生のデビュー作、〝季節〟シリーズの第一巻です。


なんて皮肉なんだろう。

きっと、茉莉くんが母親に捨てられなかったら、僕らが出会うことはなかった。僕らの出会いは、この物語は、彼女の辛い別れから始まっていたんだ。


夢中になって読み続けて、気付けば二時間が経っていました。母は帰ってきません。それからさらに二時間が経っても、三時間が経っても、母が帰ってくることはありませんでした。

その後、いろいろあって、結局、わたしは児童養護施設で暮らすようになりました。

施設自体に、不満はありません。

でも、どうしたって寂しくなってしまう日があるんです。

そんな寂しさを紛らわしてくれるのは、大好きな先生からもらったファンレターの返事です。

わたしの一番の宝物。何度も何度も読み返しました。どうしてわたしが先生の住所を知っていたのかは、もうおわかりですよね？

先生の住所は、そのファンレターの返事で知りました。

わたしの住む施設からあまり遠くの場所ではなかったので、実は何度か足を運んで、前を通ったりしていたんです。ごめんなさい。

本当に、なにもするつもりはありませんでした。

ただ、八月朔日先生がいるであろう場所を見ているだけでよかった。遠くから眺めているだけで勇気をもらえた気になれた。

けれど、去年の、あの秋の日だけは違いました。

いつものようにアパートの前を通った時のことです。

部屋の外に置いてある洗濯機の前でなにかをしている人にわたしは気付いて、不審に思って、少しだけ迷ってから洗濯機の中を覗いてしまいました。

そして、そのタイミングで先生が帰ってきてしまったのです。

きっと、僕と茉莉くんが出会った、あの秋の日だ。

思い返せば、その日は、僕のデビューちょうど五年目の記念日だった。なるほど。茉莉くんが編集部からの荷物を持っていた秘密がようやくわかった。

普通、洗濯機の中に郵便物を入れるなんて思わないものな。

わたしは、慌てました。

でも、先生がなにか勘違いをしていることにすぐ気付きました。どうしよう、どうしよう、ちゃんと説明しなくちゃ、と慌てるわたしがいる一方で、同時に冷静なわたしもいました。

そして、冷静なわたしは誤解を解かずに、どころか利用して先生に嘘をつきました。

憧れの先生に、ズルをして近付いたのです。

サインを強請られた時、そんなことを言っていたっけ。

『……わたしはズルをして先生の傍においてもらってるから』

彼女の震える手が脳裏に浮かんだ。

その嘘は、わたしに夢のような時間を与えてくれました。

ずっと憧れていた先生との日々。

先生は、想像とは少し違っていました。

ほ、ほーん。どう違ったんだい？

ちょっとドキドキする。

思っていたよりスケべで、思っていたよりいい加減で、思っていたよりだらしがなくて。

それは、悪かったね。

君は少し小説家に夢を見すぎているんじゃない？　まあ、そりゃ、割とスケべで、結構適当で、家事とかあんまりやらないけどさ。

三十路手前の男なんてどいつもこんなもんだよ。多分。

それで、思ってた以上に、優しくて。真面目で、温かくて。大きくて。一生懸命な人。全てを懸けて小説を書いてくれる人。

わたしたち読者に、世界で一番誠実な人。

……。

ただいま、と迎えてくれる家があることが嬉しかった。

二人で食べたご飯はどれも美味しかった。

テスト勉強が楽しいと思ったのは初めてでした。

男の人となんでもない日々の買い物をしたり、デートをしたりするのは、少女趣味っぽいですけど、実は憧れていたんです。

オレンジの陽だまりの中を二人、手を繋いで歩いたことを忘れません。

細く長く伸びた影を、あの眩しさや温かさを、わたしは一生、忘れません。

掃除に洗濯も、全然嫌じゃなかったですよ。

セクハラは、もう少しだけ控えて欲しいと思いましたけど。


はいっ！

ごめんなさいっ!!


そんな風に、もうちょっと、あと少しだけと願いながら、わたしは結局、いつまでも本当のことを言えずに最後まで先生の隣にいました。

けれど、そんな夢の時間も今日で終わりです。

こうして本が完成した今、わたしはもう傍にいられません。

シンデレラにかけられた魔法は、十二時になったら消えてしまうから。

ねえ、八月朔日先生。

なんだい？

〝放課後、制服姿の君と。〟、本当に本当に面白かったです。
素敵な作品を書いてくださって、ありがとうございました。

こちらこそ、読んでくれてありがとう。

きっと、たくさん売れると思います。
そうして、夢を一つ一つ叶(かな)えてください。
これからもずっとずっと応援しています。
先生の本が、描く世界が、見ている景色が、世界で一番大好きです。
最後に、お預かりしていた部屋の鍵をお返しします。
たくさんご迷惑をおかけして、ごめんなさい。
さようなら。

白花(しろはな)　茉莉(まつり)

手紙の文字は、ところどころ不自然に滲（にじ）んでいた。

まるで雨でも降っているかのように。

指先で触れると少しだけ凸凹していた。全く、おかしな話だ。だって、彼女は晴れ渡った春の下でこの手紙を書いていると、そう最初に添えてあったっていうのにさ。

すうっと青い空気を吸い込み、肺の深いところから息を吐き出す。

物語はこれで終わりだ。

僕は予定通り小説を書きあげ、重版した。

茉莉（まつり）くんの秘密も事情も全部、把握した。

世界のなにもかもが、今、きちんと正しい位置にある。

仮にこれが一冊の本であるのなら、物語はここで閉じなくちゃいけない。

わかっている。

ちゃんと、わかっている。

「ふふふ」

それなのに、込みあがってくるこの笑いはなんなのか。おかしいわけじゃない。愉快なわけでもない。笑い声はすっかりと乾いている。

「うははは」

ああ、そうか。僕は怒っているんだな。頭では理解しているのに、心がちっとも納得していないんだ。こんな、こんな馬鹿な話があるかっ。

茉莉くんは、〝放課後、制服姿の君と。〟を読んだというのに、どうしてこんな勘違いをしているんだろう。なにも伝わっていなかったのかな。

ああ、くそ。悔しいな。悔しい悔しい悔しい。悔しいぞ。

めっっっちゃ悔しい。

不意に、いつかの茉莉くんの声が蘇った。


〝ホヅミ先生はどうして、小説を書くんですか？〟


答えは、確かにあるんだ。

そして、それは決してこんな結末に辿り着く為じゃない。

そうさ。だから、八月朔日の描く物語は、さよなら、なんて哀しい言葉で終わるわけにはいかないんじゃないのか。僕の中の僕に問う。僕は応える。認めないっ。許されないっ。

脳内会議の結果、全会一致で否決とされた。

八月朔日のモットーはいつだって、みんな笑顔のハッピーエンド。

バッドエンドも、ビターエンドも、メリーバッドエンドすらも許容しない。この物語が、仮に僕と茉莉くんを中心とした年の差ラブコメだったとしたら、なおさらだ。

ヒロインが泣いたまま終わるラブコメがどこにある。そんなシナリオ、つまらない。だったら、どうするかって？

書き換えるんだ。

世界を、運命を、物語を、未来を。結末を。

それができるのが、世界中で唯一、作家って職業だろう。

だから、今はあえてこう言おう。

あの忌まわしき言葉を紡ぐ。

何度も何度も僕を絶望へと追いやったあのセリフを、希望へと繋ぐ為に。

「ボツだ！　ボツだボツだボツだボツだあああっ！　こんなクソシナリオはボツだっ！」

叫んだ。

「――全ボツだあああっ!!」

ここに地終わり、海始まる。

僕たちの物語は、まだ終わってなんかいない。

茉莉（まつり）くんとただ連絡を取るだけでいいのなら、方法は百個くらい思いついた。ごめん、嘘（うそ）。クセになってんだ、大げさにして話すの。本当は十個くらい。

たとえば、ファンレターに書かれてある住所にまた返信を送ってみる。あるいは、その児童養護施設まで足を運んで話をさせてもらう。

そんな比較的現実味のあるアイデアも含むシナリオの中で、僕が選んだのはどちらかと言えば、最悪のヤツ。

冷静に、まともに、社会的に考えたら、僕がこれからやろうとしていることは間違っている。

だけど、僕は全然冷静じゃなかったし、むしろそれをどこか喜んでいる節さえあった。血がたぎるっていうか。上等だ。誰に対して喧嘩（けんか）を売っているのかわからないけど、僕はそう繰り返した。上等だ。やってやるです。絶対！　運命！　黙示録！　世界を革命する力を！

心はもうぶれない。

がっちりきっちり定まっている。

ああ、念の為（ため）に言っておくけど、法律やルールを破っていいと言っているわけじゃない。好き勝手にやれって意味じゃない。人様に迷惑をかけて、知らん顔をしていろってことでもない。

ただ、今の僕が一番に考えなくちゃいけないことは、そのどれでもなかった。

僕の気持ちを、本気を、茉莉（まつり）くんに届けなくちゃいけない。

だったら、それを可能にする一番勝率のいい方法を選ぶのは必然。

なにより、一番〝熱い〟と確信したシナリオを思いついてしまったのなら、それを実行せずにいられないのが僕ら作家という生き物だ。

部屋を出る時、ふと思い立って、隅に固められていた三角コーンやダンベルとかのガラクタの山から一つを手に取った。

かつて、僕の書いた主人公はそれを使ってヒロインに想（おも）いを伝えた。

魔王の弱点たる聖剣ではないけれど、これが僕の〝約束された勝利の剣（エクスカリバー）〟。

コートのポケットには、大切な二通のファンレターがすっぽりと収まっている。

駅に向かう道すがら、スマホで電話をかけた。

幸い、すぐに電話に出てくれた。

「ほいほい、ホヅせんせー。こんにちは！　どしたの？」

今日も能天気に挨拶してくるのは、僕の仕事のもう一人のパートナー。

僕は彼女に聞きたいことがあった。

「ああ、ポンコツ。よかった、すぐに出てくれて」

「ポンコツ、言うなし。って、あ、そうそう。わたしからも連絡しようと思ってたところだったんだった。ちょうどよかったー。ホヅせんせー、重版、おめでとうございますー!!」

やったー、とポンコツちゃんは自分のことのように喜んでくれた。

クラッカーとか持ってたら、盛大に鳴らしそうだなあ、なんて思っていると、スマホのむこうから、突然、パンパンパンと破裂音が連続で聞こえてきた。

あれー、ポンコツちゃんの部屋の近くで今日は運動会でも行われてるのかな？　なんて、そんな定番なボケはしません。悪しからず。どぞ。

「わわ、びっくりしたあ。これ、結構、音が大きいのね」

「どうしてクラッカーなんて鳴らしたんだ」

「え？　だって、近くにあったから。え？　え？　駄目だった？」

「いや。駄目じゃないけどさ。そういうの、一人でやっても楽しくなくない？」

「なんでです？　ホヅせんせーと電話してるから、楽しいですよ？　それにお祝い事ですし。あ、もう一個鳴らそうかしら」

「いやいや、もういいよ。十分に気持ちは伝わった」

「そうなんです？」

「そうなんです」

「なら、いっか。今回、ヒロインの葵ちゃんがめちゃくちゃ可愛かったから、イラスト描くの楽しかったですよ。で？　で？　二巻の原稿はいつになりそう？　わたし、次も頑張るからね。描くぜぇ～、超描くぜぇ～」

「そういえば、僕はやってないから知らなかったんだけど、SNSでも発売カウントダウンとか、重版祝いのイラストを描いてくれたんだってね。双夜担当に聞いた。ありがとう」

「いえいえいえいえー。好きで描いたものなので」

えへへ、とやっぱり嬉しそうな声が聞こえてくる。ほんと、犬みたい。尻尾があったら、きっとぶんぶんと振り続けてるんだろうなあ。

「僕もそのイラスト欲しいからさ、後でメールにデータ送っておいてくれない？」

「あいあいさー。了解しました。前にもらった名刺に載ってるアドレスでおｋ？」

「おｋ」

「あらよー、メール一丁、ってなもんで。ほいっとな。送りました」

「はやっ」

「えへへへ。POP☆コーンは仕事のできる女なのです。もっと褒めてくれてもいいのよ？」

「僕に褒められても大して嬉しくないだろう」

「そんなことないんだけどなあ」

「え？」

「ううん。なんでもないわ。それで、ホヅせんせーのご用件はなにかしら？　あ、や、違うのよ。別に用事がなくても電話してくれてもいいの。ホヅせんせーならいつでもウエルカムだから。ええっと、壺の話でも、する？」

　ああ、そうだった。別にポンコツと世間話がしたくて、僕は電話をかけたんじゃなかった。彼女に一つ、確認したいことがあったんだ。

　つか、この子はどんだけ壺の話をしたがるんだよ。そんな、コイバナでも、する？　みたいな感じで言うなよ。こう何度も断り続けるのも胸が痛いから、今度、時間ある時、じっくり聞いてやろうかな。そんで、壺はやめとけって、もう一度くぎを刺しておこう、そうしよう。

　茉莉くんと何度も買い物に出かけたスーパーの前を通る。

　小さな女の子が、お母さんと二人で一つのエコバッグを持っていた。二つある持ち手を一つずつ。お母さんの方は少しだけ歩きにくそうにしていたけれど、でも、少女の誇らしげな表情には勝てないらしい。二人はゆっくりゆっくりと歩いていった。

　その足元に、うっすらとした、でも幸福って形をした影がゆらゆらと溜まっていた。

「壺の話はまた今度。今日は取り急ぎ、確認したいことがあるんだ。あのさ、葵のキャラデザを送ってもらった時、僕が修正を依頼したこと、覚えてる？」

「え？　ちょっと待って。むむむ。制服の色を変えて欲しい、だったかしら？」

「そう。それ。その件に関連して聞きたいんだけど――」

ポンコツのキャラデザは本当にどれもよく描けていた。大絶賛だ。けれど、それはあまりにモデルになった〝茉莉くん〟にそっくりだった。

特に制服姿だと、なんの違和感もない。ポケットの形とか、校章とか、細かな点は全然違うのに、漂う雰囲気だけはオリジナルに限りなく近かったのだ。

だから、僕は制服のカラーを変更して雰囲気を少しだけ変えて欲しいという依頼を出した。

そこで、ふと思ったわけだ。

ポンコツはもしかしたら、茉莉くんの通う学校の制服を知らず参考にしてたんじゃないかって。この推測を補強するような根拠だってある。キャラデザのお礼に電話した時、彼女は確か、資料集めも頑張ったし、なんて言ってもいた。

決して勝算の低い賭けじゃないはずだ。

「制服のデザインをする時、実際にある制服を参考にしたんじゃない？　違う？」

「え？　うん。そうだけど。なにかまずかった？」

「いや、まずくはない。むしろファインプレーまである。その参考にした制服の学校を教えてくれないか？」

そうして、ポンコツから送られてきたいくつかの高校のホームページの一つに、よく知ったデザインの学生服を見つけた。よし。パチンと思わず指を鳴らす。

――ビンゴだ。

すっかりと葉桜になった桜並木を、僕は肩で風を切りながらずんずんと進んでいった。葉の隙間から零れる光で、空気が青く染まっている。さわさわと揺れる影の中を選んで歩く。

やがて見えてきたのは、茉莉くんが通っていると推測される学校。坂の上にそびえ立つその公立高校の門戸は今、盛大に開かれている。

時間は午後二時過ぎ。

ちょうど六限目の授業が行われているあたりだろう。

僕はなんでもないですよー、ちょっと散歩してるだけですよーってな顔をしながら正門前まで近付き、ちらりと中を覗き込んで警備の目がないことを確認してから、姿勢を低くしてグラウンドまで一気に走り抜けた。抜き足差し足忍び足。

正門からグラウンドまでは大した距離はなくて、すぐに辿り着く。

小学校なんかとは違い、遊具の一つもない。サッカーゴールが二つほどぽつりと置かれているくらいなものだ。敷地の端には、でもテニスコートやプールなんかが見えた。

幸い、体育の授業は行われておらず、誰に見咎められることもないまま、僕はグラウンドの中心に立つことに成功する。

多分、僕に与えられる時間は多く見積もっても五分くらい。

心臓が痛いくらいに、ドクンドクンと脈打っている。

まだ季節が冬だった頃、茉莉くんと二人で見たテレビ番組の様子を頭に思い浮かべた。百万円積まれても無理だと思った。一千万円積まれても嫌だと思った。

けれど、かつて隣にいた女子高生が少しだけ羨ましそうな目をして、頰をピンクに染めて、

『ちょっと憧れもある、かなあ』

『だって、一生懸命な姿は、格好いいから』

『真剣じゃないですか。本気じゃないと、絶対にできないですよね。その熱意、みたいなものが伝わると弱いです』


そんな風に口にするのなら、僕はタダどころかリスクを負ってだって実行してしまう。

今度こそ、伝わるかな。

僕の想い、感情、気持ち。

そういうもの全部、こうしたら伝わるだろうか。

ああ、口の中が渇いてきた。僕って小心者だから、こういうのはほんと、全然向いてないいん

だよな。仲間内の乾杯の音頭すら取れない男だ。

それでも、〝やらない〟なんて選択肢はなかった。

部屋から持ち出した聖剣を力いっぱい手の中に握りしめる。その拡声器という名前のエクスカリバーに向けて、胸いっぱいに溜めた気持ちを僕は一気に放った。

「あー、あー、テステス。んん！　よし。いい感じ。白花ああああぁ、茉莉くん！　こちら、ホヅミ。聞こえますか？」

僕の想いを、声を、拡声器が何倍も大きくしてくれる。

賽は投げられた。

開け放たれた教室の窓から、なになに、と声が聞こえてくる。おい、見ろよ、あれ。グラウンドだ。それに反応して、僕よりもずっと年下の学生たちが次々に顔を出した。は？　今日、なんかイベントあったっけ？　ないだろ。じゃあ、あれはなんだよ？　不審者？　こわー。春だから、変なのが出てきたなあ。そんなざわめきが連なり学校中に広まっていく。

千以上の視線が、不審者たる僕に集まる。

あの中に茉莉くんはいるだろうか。

「あー、えっと、なんだ。その、そう。今日は君に伝えたいことがあってきたんだ」

震える声で僕は続けた。

茉莉くんが僕に残してくれた手紙の中で、彼女はずっと泣いているように見えた。

さよならの文字はひりつくような冷たさをしていた。

なにが、迷惑をかけてごめんなさい、だ。

そんな言葉の為に、僕は小説を書いてきたんじゃない。人生の全てを懸けてきたんじゃない。内臓をぐちゃぐちゃに踏み潰されるようなプレッシャーとか、生きる価値がないと言われたような無力感に歯を食いしばって耐えてきたんじゃないんだ。

早くも怯みそうになった心に熱が籠っていく。

これは怒りだ。ああ、そうだ。僕は怒っているんだよ、茉莉くん。

だから、君に文句を言いに、わざわざここまできたんだ。

「いつか尋ねられた質問に答えるよ。どうして、僕が小説を書くのかっ。書き続けるのかっ。答えは、とても単純なんだ」

ポケットの中にある二通の宝物(てがみ)に、一度触れる。じんと、指先が痺(しび)れた。それが力になった。今もまた、僕の進む糧(かて)になる。

「最初はただ、読者(みんな)に喜んでもらえることが嬉(うれ)しかった」

その喜びを僕に教えてくれたのは君だったね。

「でもさ、世界はそんなに優しいだけのものじゃなかった。僕の作品を好きだと言ってくれた子がＳＮＳである時、批判された。売れてない作品を好きだなんて見る目がないって。彼女の〝好き〟が馬鹿にされたっ！」

触れた記憶は、今でも僕を傷つける。不意に視界が歪(ゆが)んだ。胸の内に込みあがってくるものがあった。瞳を拭った手のひらは、熱く濡(ぬ)れていた。

それでも、僕は構わず声を張りあげた。

今、どうしても伝えたいことがあるから。

「僕相手なら、なにを言ってくれてもいい。面白くなかったなら、僕の責任でもある。我慢するさ。けど、みんなの〝好き〟や〝面白い〟が否定される世界は嫌なんだ。間違ってる。どうしようもなく悔しいんだ。苦しいんだ。だから――」

僕の書いた小説に〝ありがとう〟って言ってくれる君たちだから。
〝面白かったです〟、〝好きでした〟って言ってくれる人たちだから。
せめて、僕はそんな読者の〝好き〟って〝想い〟くらいは守りたくて。
守れるくらいに強く在りたくて。
その為に――。

「僕は、世界を変えたいって！　たくさん小説を売って、もう二度とあんなことを言われない世界にしたいって、そう思う！」

仮に僕の望む世界になったとしても、戦争はなくならないだろうし、絶望はその辺に当たり前のように転がっているだろう。不況もイジメも悲しみも痛みだって。
僕の紡ぐ物語にそんな力はない。

知っている。

だけど、僕の書く作品が売れたら、たくさんの人に認められたら、僕の作品を好きだと言ってくれる人の〝好き〟って気持ちとか〝面白い〟って感情が否定されることはなくなるはずだ。少なくとも、あんな辛(つら)い思いをする人はいなくなる。

強く在ろうとする理由は、それだけ。

そう、たったそれだけの意地だ。

それくらいなら、僕にもできる気がするんだ。

「君が言うように、確かに小説を書くのは苦しい。しんどいよ。死にたくなる時もある。泣いた夜は数え切れない。もっと楽な道が、正しい生き方があるのだと思う」

ああ、やっぱり注目されると緊張するなあ。

こんなに注目を集めたのは、人生で二度目。

前回は、新人賞の授賞式だったからみんな優しい目をしてたけど、今日は冷たい視線ばかり。なに言ってんだ、あいつ、って顔に書いてある。必死すぎとか、意味わかんないとか。まあ、そうだよな。わけわかんないよな。ごめん。怖いとか。

だけど、ここで逃げ出すわけにはいかなかった。

だって、今の僕には大切にしたい人たちがいる。

もちろん、誰でもってわけじゃないぞ。うん。

そこまで僕は人間として成熟してなんかいない。

僕がここまでするのは、彼女が僕の大切な読者だから。まあ、でも十分だ。僕が頑張るのに、
必死になるのに、それ以上は必要ない。そうだろう。

だってさ。


「それでも、それでもさ。僕が小説を書き続けるのは――」


読者の為なら、作家はどんな苦難からでも立ちあがれる。

読者の為なら、作家は世界だって救ってしまう。

読者の為なら、作家は何度だって運命を、未来を、書き換える。

どうか倖せにと願いながら、もがく。足掻き続けるよ。みっともないところばかり見せてきたんだから、せめてクライマックスは格好つけてもいいだろう。

作家は読者の前でくらいはヒーローでありたいんだ。

「ただ読者に胸を張って面白いって言って欲しいからなんだよっ! それがもう、最高に、めちゃくちゃに、この世で一番、嬉しいことなんだっ! 人生全てを懸けても惜しくないって思えるくらいにさ。一度でもその喜びを知ってしまえば、もうやめられない! 知らなかった頃に戻れないっ!」

一息で言い切って、酸素を求める。

「はあ、はあ、はあ。すう、はあ」

多分、もう時間はそんなに残っていない。

ざわめきはどんどん大きくなっているし、なにやら屈強な体格をした男性教師陣がさすまたを持って玄関に集まり始めている。そろそろ逃げないと。心臓がひりついてきた。

でも、最後にもう少しだけ。

十分注目も集めたし、ここからは拡声器もいらないか。

僕は地面に拡声器を投げ、両手を空にしてから最後は自分の力だけで届けることにした。

それにしても、ほんと、嫌になる。なんて口下手なんだろう。ここまでくれば、立派な職業病なんじゃないかな。僕たち作家は、たった〝三文字〟を伝える為に、いつだって長い長い〝ラノベ一冊分〟を積みあげてしまう。そこまでしてるのに、ちっとも伝わりやしない。馬鹿だ、ほんと、馬鹿だ。世界一の大馬鹿だ。だけど。——ううん。馬鹿だからこそ、もう一回。
いや、何度だって、声の限り叫ぶんだと思う。こんな風にさ。

「と、まあ、いろいろ言ってはみたけど、はあ。僕が伝えたかったのは、つまり。一言にすると——」

ほらっ、叫べ！　叫べ！　叫べ！
喉が千切れても、肺が裂けてもっ！
届かないのなら、届くまで。何度も何度も。何千回だって。
力いっぱい、叫び続けろっ！

「笑っ、えええええええええええええええええええええ！」

それが叶（かな）うなら、馬鹿にされてもいいよ。
ちょっとくらいみっともなくてもいい。
僕の気持ちがっ。想（おも）いがっ、本気がっ。
君に少しでも伝わるのなら、構わない。

「笑顔でいてよ。ずっと、ずっとさ。いつも、いつまでもっ‼」


君が僕の横にいて、笑ってくれて、僕がどれだけ救われたのか。

ただそれだけのことに、僕がどれだけ助けられたのか。

どれだけ幸福な時間だったんだろう。

君との日々が教えてくれた。

君の笑顔が気付かせてくれた。

君の言葉が思い出させてくれたんだ。

僕が小説を書く意味と理由を。

目的とか、夢とか、気持ちを。

僕が人生を懸けて守りたかった、たった一つを。

そうして、あの一冊が、〝放課後、制服姿の君と。〟が書けたんだよ。

だから、君が笑っていられない世界なら、本がどれだけ、それこそ百万部売れたって、ちっとも意味はないんだ。


「はあ、はあ、はあ。ああ、しんど。届いたかな。はあ、どうか届いてますように」

息は荒れに荒れていたけれど、言いたいことを言い切ったからか、気分は随分と晴れてハレルヤだ。僕の気持ちを溶かしたみたいなすっきりとした青空が頭上には広がっていた。

黄色い太陽は昨日よりも一歩だけ夏寄りで。雲の端の、ちょっと透けてるところが光を巻き込み、巻き込まれ、段々細く薄く形を変えていく。

言いっ放しの、自己満足だけどさ。

作家と読者の関係なんてそんなもんだろう。ハッピー、ラッキー、みんなにとーどけ、と願いを込めて僕ら(作家)が物語を投げかける一方、それを受け取ってどうするかは彼女たち(読者)の自由。それでも、どうか笑って欲しいとさらに強欲に願うのが、叫び続けるのが、不器用な僕らだ。

よしっ。じゃあ、逃げるか。

これ以上は、さすがにまずい。

筋肉隆々とした益荒男(ますらお)たちが、ギラギラとした目でこっちを見てるし。

ほんと、同じ人間かよってくらい僕とは体格が違う。

盛りあがった筋肉のせいで、ジャージなんてパッツンパッツンになっている。美女に追いかけられるのは悪くないけど、あんなマッチョに追いかけられるのはごめんだ。というか、先生方、この状況をちょっと楽しんでません？

円陣なんて組む必要ある？

ねえ、ある？

ないよね？

ないだろ。

あと、なんでちょっと笑ってんの？

「豊穣高教諭ー、ファイッ！」

「「オッー!!」」

だから、なんでそんな部活のノリなわけ？

「総員、突撃ぃぃぃ！　訓練通り、不審者をひっとらえろ！」

「「応っ!!」」

野太い声が風を切り裂き、響く。

教諭陣は、散っと四方に分かれ迫ってきた。ノリのいい学生たちはまるで見世物のように、やれーとか、いっけーとか、各々(おのおの)無関係に口にしている。

どうやら、先生含め割と自由な校風のようだ。

そんなんで大丈夫？

いや、防犯面に関しては、僕が口を挟むことじゃないけどさ。

はあ。というか、これ、捕まったらどうなるんだろ。やっぱり、警察いきかな。嫌だなぁ。

体力、ないんだけどなぁ。

と、負け犬根性丸出しで走り始めようとした僕の出鼻をくじくように、その瞬間、ひと際強い風が吹いた。わぷ。

思わず、目を瞑る。

足が、止まる。

そして、風の行方を追いかけた先。

二階の、右から三つ目の教室に。

たくさんの見知らぬ学生たちが笑ったり叫んだり手を叩いたりしている中で、たった一人だけ、くしゃっと顔を歪めている女生徒がいることに気付く。

ああ、もう。

ほれ、見たことか。

やっぱり、そんな顔をしてるんじゃないか。

だからさ。

「笑えって言っただろう」

声には出さず、口だけをそう動かす。

「ほらっ!!」

僕は君の、いや、君たちの笑顔がなにより好きなんだ。

にっと、見せつけるように唇で弧を引く。

と、少女の濡れた瞳が大きく見開かれた。桜みたいなピンクの唇がゆっくりと動く。なにしてるんですか、と。もう、と。馬鹿じゃないですか、と。

そして、いつかのように、あるいは、いつものように彼女は――。

ああ、十分だ。

僕は天才なんかじゃない。無欲に、苦しいことなんか続けられない。一方で、ただ楽しいから小説を書いている人間ってのはいる。ウミとか、そういうタイプだ。ああいうのを天才って呼ぶんだ。

ほんと、僕は違う。

時々でいいから、報われなくちゃ頑張れない。

でも、たまに、本当にごくたまに、こうして報われる瞬間があるのなら、僕は明日も明後日(あさって)も、来月も来年も、それこそ死ぬ最後のひと時までだって小説を書き続けるんだろう。

欲しかったものを一つ。

僕は今、ちゃんと手にした。

そうだよ、それでいいんだ。

それは、いいんだけど……。

こっちは全然片付いてないんだよなあああぁぁぁ、もおおおぉぉぉヤバい。体育教師、めちゃくちゃ足が速い。つか、ストライドが広いんだ。足、長すぎんだろ。

ぬああああああ!!

ようやく、駆け出す。

　グラウンドの土を蹴りあげる。

「逃がすなあああ、追えぇぇぇ！」

「うるああああああああああ！」

「裏門から逃げるみたいだぞ」

「ふんぬらばあああああああ！」

「回り込めっ！」

　ぐんぐんとリードが縮められる。

　足を止めたほんの数秒が、命取りになった。

　逃げ切るのはもう無理だ。

　作戦を、プランDに切り替える。

　そもそも作家なんてのは、大体、家に籠って、カチャカチャカチャ……。ッターン！　なんてキーボードを叩くだけのお仕事なんだから、体力なんてあるわけない。

　二十メートルも全力疾走すればひいひいと言い、三十メートルを過ぎると足がもつれそうになる。四十メートルを走るには限界を超えなくちゃいけない。

　それでも、裏門まであと十数メートルのところまでは逃げ切れた。

　校舎の陰に隠れてしまえば、少なくとも彼女に見られることはないだろう。そう。作家が格好をつけるのは読者の前だけでいい。あとは知らん。

第一、案外と目に見えないところで、大人は日々、いろんな人にぺこぺこと頭を下げてるもんである。たとえば、作家なら編集とか編集とか編集とか。あとは、うん。編集とか。締め切り、守れなくてごめんなさい。次からは気を付けるんで、とかなんとか。

そんなわけで、頭を下げるのは得意中の得意。

んー、じゃ、いっちょ、かましてやりますか。見せてやるよ、本物のDO☆GE☆ZAってヤツをさ。

プランDのDは土下座のDだ。

「確保おおおおおおおおおおお!!」

野太い声が響くのと同時に、校舎の陰に入った僕はくるりと方向転換。そして、

「すみませんでしたああああぁぁぁぁあ!!」

双夜担当にもお披露目してない最高のDO☆GE☆ZAをビシッと決めてやったさ。

ダサい？

知ったことか。

プライド？

なにそれ？　美味しいの？

エピローグ　僕と君とそれから

Hodumi sensei to Matsuri kun to.

あれから、数日が過ぎた。

茉莉くんとは一度も会っていない。

あの一瞬、交わした視線、想い、笑顔、それが全てだ。

――なーんて書けたら格好いいんだろうけど、そもそも僕が彼女の名前を第一声で叫んじゃってるからね。ふっつーに巻き添えで、茉莉くんも職員室に呼ばれてました。てへっ☆

たった十数分での再会だったから、情緒もなにもあったもんじゃない。

現実は物語のように綺麗にいかないらしい。

茉莉くん、顔を真っ赤にして恥ずかしがってたもんなあ。

それでも、茉莉くんの口添えもあって、厳重注意だけで終わったのは行幸だった。警察沙汰になってもおかしくない事案だったし、それなりの覚悟もしていた。

二度目はない、と熊のような体格の体育教師に睨まれた僕は、チワワに匹敵する可憐さで、ふるふる震えて何度も頷いた。嘘だ。二十八のおっさんが、チワワのように可愛いわけがない。

あと、鳴き声だって、わふーとか、ワンワンとかじゃない。

ラノベ作家の鳴き声、改め、泣き声は、一部の売れっ子を除いて大体が〝売れたーい〟である。ちなみに、リア充とやる気のない居酒屋店員のなき声は文字で表せば共に〝ウェーイ〟だけど、発音が微妙に違ったりするので要注意。

ウェーイ⤴　と鳴くのがリア充。

ウェーイ⤵　と泣くのが飲み放題のおかわりを配膳から三秒で注文された居酒屋の店員。

はい、ここ‼　テストに出るので覚えておくように‼　紛らわしいから、注意してください。

Desert（砂漠）とDessert（ケーキやアイスなんかを指すデザート）くらい違います。

『先生っ！　ホヅミ先生っ！』

隣に立つ茉莉（まつり）くんが、小さな声で必死に叫ぶ。

『え？　なになに？』

『今！　わたしたち、怒られてるんですよ！　先生の！　せいでっ！』

『うん。だね』

『せめて、申し訳ないって空気くらい出してください。なんで笑ってるんですかっ？』

『いやあ、新鮮で、つい』

『つい、じゃないですよおおお、もおおお‼』

職員室で叱られるというのは初めての経験だったので、思わずワクワクしてしまう僕だった。

学生時代、成績上位組の大人しく目立たない生徒であったが故に、職員室で叱られるとか、そういうラノベ的お約束イベントとは無縁の生活を送ってきたのだ。

あと、なぜだか怒られている僕よりしゅんとしていた茉莉くんが可愛くて、ちょっとだけ萌えたのは内緒。だから、なんでニヤニヤしてるんですかあああ、と泣きそうな声で言う茉莉くんに思わず笑ってしまい、一層彼女を困らせる結果になった。

と、まあ、そんなわけで、僕の日常はあまりにあっさりと返ってきた。

双夜担当は相も変わらずタフに仕事をさばき、ポンコツは神イラストでファンを魅了し、東は大きめの契約が入ったとかで本業を忙しそうにしていて、ウミはウミで〝放課後、制服姿の君と。〟と発売日が同じだった新刊がすでに四刷りとなり僕との差をさらに広げていた。

茉莉くんは学校へ。

そして僕は変わらず、時に悩み、時に泣いて、絶望した！　書いても書いても終わらない原稿に絶望した！　とか万策尽きたーなんて叫び、でもたまに笑いながら小説を書いていく。一歩一歩、そんな風に進んでいくんだ。望む世界にさ。

とは言っても、

「あー、やる気でねえええぇぇぇ。なーんにも思いつかないいいぃぃぃ!!」

そんな日もあるわけで。

四月のカレンダーも残すところあと数日。

二巻のプロット提出まで、そう時間がない。

だというのに、ちっとも仕事がはかどらない。

床にごろんと寝そべり、放ってあった本に手を伸ばす。

パラパラとめくる。

紙の香りがした。

インクの匂いがした。

内容はちっとも入ってこなかった。

時は、まるでその体を海に落とし込んだかのようにゆるやかに流れていく。沈黙の中、秒針を刻む音だけが律儀(りちぎ)に聞こえてくる。傾いた西日に目を細めると、瞳の奥ではちみつ色をした光がちらちらと揺れていた。

目を瞑(つぶ)る。

開いたままの本を胸の上に落とす。

無意識に、聞こえないはずの声に耳をすませていた。

『言い回しが、すごくホヅミ先生らしいなって。あー、この人は本当にホヅミ先生なんだなあって実感しちゃって』

僕らの生活が始まった日。

双夜担当への愚痴を吐き続ける僕を前に、彼女は楽しそうに笑っていた。

『あ、ご飯粒ついてますよ』

そう言って、僕の頬に指を伸ばしてきたんだ。

『じゃあ、仕方がないですから、責任をとって、わたしがずっと作ってあげなくちゃですね』

ご飯が美味しすぎて困ると告げたら、プロポーズみたいなことを言っていた。

『ふふっ。童貞さんの考えることくらいはお見通しです』

メイド服を着て、勝ち誇っていた彼女。

『おかえり、と言ってもらっていいですか?』

そんな些細なワガママしか言わなかった。

『さすがにそれはちょっと恥ずかしいです』

テスト勉強の終わりに、つい頭を撫でたら本気で照れてたっけ。

『──おもしろかったです』

僕の書いた物語に、百点満点で応えてくれたんだ。

あの笑い声も、足音も、息遣いも。なにもかもが部屋のあちこちに転がっているのに、彼女の気配は未だ色濃く残っているのに、茉莉くんだけがいない。つまらない。物足りない。

はあ、とため息を吐いたその瞬間だった。


ピンポーン。


チャイムの音で現実へと引き戻される。

ゆっくりと瞳を開く。

「はーい。誰？」

「……わ、わたしです」

ふわっと、春風みたいな優しい声が返ってきた。

時計の針は、いつしか午後六時を過ぎていて。

学校を終えた学生が、電車を乗り継ぎやってくるのにちょうどいい時間になっていた。

僕は上半身を起こし、本をテーブルの上に置いた。

部屋の鍵はかけてある。

けれど、世界中でたった一人、彼女にだけはそんなこと関係ない。

シンデレラが置いていったガラスの靴を、解けてしまった魔法を、もう一度と、他でもない僕が願ったから。王子様なんて柄じゃないけどさ。うん。だから、そんなんじゃなくて。もっと単純に。ただ、僕はついていけそうになかったんだ、君のいない世界のスピードに。

「入っておいで」

外に聞こえるように叫んだ。

少しの逡巡の後、カチャリと小さな金属音。

僕と彼女を隔てていた厚さ数センチの境界が、開かれる。

長方形に切り取られた東の空には、小さな星々。

夜を慌てて塗っているまだ淡い色をした空がそこにあって、しかし、日没の準備はすでに始まっていた。西から東にかけて、紅から橙、橙からピンク。白。紫。藍。移り変わっていく鮮やかなグラデーションが少しだけ目に痛い。

そんな夜の始まりを後ろに背負った制服姿の女子高生が、扉のむこうで待っていた。

彼女の手にあるのは、桜の花弁を彷彿とさせるピンク色をした真新しい封筒と銀色の鍵。

先日、僕は随分と久しぶりにファンレターの返事を書いた。

彼ら、彼女らが、僕の作品に向けてくれる〝好き〟に、ようやく少しだけ報いられたんじゃないかって思えたから。少しだけ世界を変えられたんじゃないかって信じられたから。

当然、彼女にも返事を送った。

一通の手紙に、あの日、返却された銀色の鍵をまた添えて。

「すみません。またきてしまいました」

なんて、彼女が殊勝な態度をとったのは最初だけ。

部屋に入ってきた瞬間に、

「って、あー、どうやったらこの短い期間でこんなに散らかせるんですか？　掃除は？　ああ、また布団（ふとん）も敷きっぱなしだし。わたしがいなくてもちゃんとしてくださいよ。大人でしょう」

そんな声すら、ほら、こんなにも愛（いと）しい。

「面目ない」

「ほんとーにそう思ってます？」

目を針のようにほそーくしながら、尋ねてくる。

「もちろん」

「絶対に思ってないですよね」

もう、とプリプリ怒りながら、彼女は制服の袖をまくっている。

バレバレだった。

「すぐに掃除を始めますよ。いろいろと手伝ってもらいますから」

「えー、僕、まだ仕事があるんだけど」

「今日はどうせやる気の出ない日でしょう。顔を見ればわかります。うう、台所からすごい異臭が。よくこんなお部屋、改め、汚部屋で生活できますね？」

「慣れるもんだよ」

「そんなものに慣れないでください。ほらほら、座ってないで立ちあがる。スーパーで七時からセールがあるみたいなんです。それまでに終わらせないと」

「それ、移動時間考えたら、あと三十分くらいしかなくない？」

「だから、一気にやってしまいましょう」

もうすっかりと、いつものやり取り。彼女は、一秒で僕の日々に馴染み、溶け込んでいった。全く、見事なもんだ。十数日のブランクをまるで感じさせない。

同時に、ふと、思った。いや、ずっと考えてはいたんだ。仮にこれが、一冊の本であるのなら、本当はどこでこの物語を終えるのが正しいんだろうって。

かつて、一度だけそのタイミングはあった。

僕の本が重版して、彼女が僕のもとを去った時だ。

けれど、僕はそれを否定した。

世界を革命し、運命を捻じ曲げ、未来を書き換えた。

だったら、代わりの終わりを僕は提示しなくちゃいけないのではないか。だからね、本当にずっとずっと考えていたんだ。この物語らしい、めでたしめでたしってヤツをさ。

そして、今、改めて提案する。

たとえば、こんな終わり方はどうだろう。

君がいて、僕がいる。

これはそんな、なんでもない日常を綴(つづ)った話だから。

そんな日々がこれかもずっとずっと続いていくような。

それを想像させるような終わり方はどうだろう。

ところで、読者のみんなは覚えているかな。

ラノベ作家・八月朔日(ほづみ)の描く物語の鉄則を。

もしも忘れた人や読み飛ばしてしまった人がいた時の為(ため)に、もう一度だけ言っておく。

八月朔日(ほづみ)のモットーはいつだって、みんな笑顔のハッピーエンド。バッドエンドも、ビターエンドも、メリーバッドエンドすらも許容しない。

だから、ほら。

僕は言った。

「おかえり」

「え？」

「今回はまだちゃんと言ってなかったから。君とした大事な約束だものね。だから――」

何度も何度も口にした言葉を、また言った。

「おかえり。茉莉（まつり）くん」

そうすると、茉莉（まつり）くんはその大きな目をパチパチと瞬（まばた）きして、

「はい！　ただいまです!!　ホヅミ先生」

そんな風に応えてくれるのだった。

四月の風に揺られて、テーブルの上に置いていた本がめくれる。


〝放課後、制服姿の君と。〟


パラパラと音がする。

はちみつ色の光が射（さ）す。

そうしてめくれたページの最後の方に、顔をほころばせた女子高生とどこか照れくさそうなおっさんの挿絵が一枚、ちらりと見えた。

僕（作家）も茉莉くん（読者）も、物語に出てくる彼も彼女も。

みんながみんな、笑っていた。

おわり

あとがき

デビュー作から数えて六冊目。今さらなにを言ってるんだ、こいつは、なんて思われるかもしれませんが、初めて〝ライトノベル〟というものを強く意識して小説を書いてみました。

こんにちは、葉月文(はづきあや)です。

さて、こうして僕が女子高生との日常ラブコメを書くに至った経緯については、第一話『作家と担当と打ち合わせ』を読んでいただければ把握できるかと。会話の内容、ほぼ実話なので。違うのは、担当編集がGカップ美女ではなくインテリ男子という点と、〝おてつだい〟してくれる女子高生がいないってことくらいで。あれ？　そこが一番、重要なんじゃないの？

また、主人公(ホヅミ)については、長い長い打ち合わせの末、担当さんがふと冗談で出したネタを二人で悪ノリしつつ膨らませていった結果、当初想定していたよりずっとクセの強いキャラとなりました。きっと、僕一人では彼のような人物は創造できなかったでしょう。色々と拗らせてはいるものの、僕はホヅミみたいなヤツって案外と好きです。見ていて楽しいので。

一方、茉莉(まつり)は、ホヅミのキャラを考慮しバランスを取ったせいなのか、とても素直ないい子になりました。とはいえ、ただ振り回されるだけでなく、彼女が要所要所で手綱を握っていてくれたからこそ、ホヅミが伸び伸び動けたのかな、と。今作のＭＶＰ。ありがとね、茉莉(まつり)。

では、謝辞にいきましょう。

DSマイルさん、素敵なイラストをありがとうございました。表紙の茉莉の太ももがエロ可愛い、と僕と担当さんの間で話題になってます。これから、よろしくお願いします。

担当の舩津さん、あなたの〝面白かった〟がいつだって僕の指針です。

推薦文を書いてくださった多くの方々。お忙しい中、本当にほんっとーにありがとうございました。いただいたご感想のひとつひとつが温かく、嬉しくて、声を出して泣きました。

そして、読者の皆様へ。これはホヅミと茉莉の二人の物語なわけですが、同時に、作家から読者へ向けた特別な物語でもあります。どうか、いつもいつまでも笑顔でいてくださいね。

テーマが概ね決まっているので、多分、二巻はあまりお待たせすることなくお届けできると思いますが、その後についてはぶっちゃけ反響次第です。僕としてはまだまだこの二人と遊びたいので、よければ応援お願いします。SNSではすでに『ホヅミ先生を100万部の男に』なんてハッシュタグ付きで盛りあがっているのだとか。もちろん、嘘ですよ。

最後に、一部で議論を巻き起こしている〝葉月文は童貞なのか〟については、言葉を濁しておきます。ほら、秘密のある男って格好いいじゃないですか。ところで、男性作家にはリアルの女性を知ってしまうと、可愛い女の子や面白い話が書けなくなるという俗説があるのだとか。

——皆様は、この説を信じますか？（意味がわかると怖い話）

二〇二〇年冬　葉月　文

次巻予告

Hodumi sensei to Matsuri kun to.

茉莉の〝おてつだい〟の甲斐もあり
念願の〝はじめて〟を卒業できたホヅミ。
喜びに浸るのもつかの間、彼のもとに、
直接会って伝えたいことがある、と双夜からの呼び出しがかかる。

「わたしにおいつくって。確かにそういったよね？」
「違うな、ウミ。僕は君を追い越すって言ったんだ」

凡人のホヅミが周囲の天才たちと競い合い、
協力し、次に紡ぐ物語は――

「きちゃった」
「……は？」

――新たな波乱の幕開けで!?

モットーはいつだって、みんな笑顔のハッピーエンド！

『ホヅミ先生と茉莉くんと。』第2巻、今夏発売予定!!

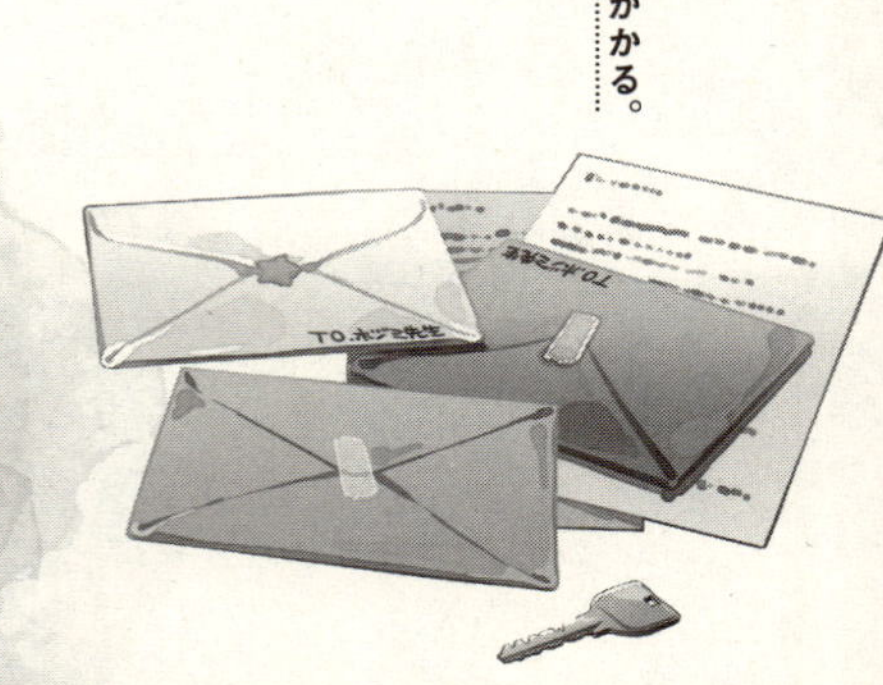

◉葉月　文著作リスト

「Hello,Hello and Hello」（電撃文庫）
「Hello,Hello and Hello ～piece of mind～」（同）
「あの日、神様に願ったことはⅠ kiss of the orange prince」（同）
「あの日、神様に願ったことはⅡ girls in the gold light」（同）
「あの日、神様に願ったことはⅢ beginning of journey under the bright blue sky」（同）
「ホヅミ先生と茉莉くんと。 Day.1 女子高生、はじめてのおてつだい」（同）

本書に対するご意見、ご感想をお寄せください。

ファンレターあて先
〒 102-8177　東京都千代田区富士見 2-13-3
電撃文庫編集部
「葉月　文先生」係
「DS マイル先生」係

本書は書き下ろしです。

電撃文庫

ホヅミ先生と茉莉くんと。

Day.1 女子高生、はじめてのおてつだい

葉月 文

2021年2月10日　初版発行

発行者　青柳昌行
発行　株式会社KADOKAWA
〒102-8177　東京都千代田区富士見2-13-3
0570-002-301（ナビダイヤル）
装丁者　荻窪裕司（META＋MANIERA）
印刷　株式会社暁印刷
製本　株式会社暁印刷

●お問い合わせ
https://www.kadokawa.co.jp/（「お問い合わせ」へお進みください）
※内容によっては、お答えできない場合があります。
※サポートは日本国内のみとさせていただきます。
※ Japanese text only

※定価はカバーに表示してあります。

ISBN978-4-04-913534-3　C0193　Printed in Japan

電撃文庫　https://dengekibunko.jp/

電撃文庫創刊に際して

文庫は、我が国にとどまらず、世界の書籍の流れのなかで〝小さな巨人〟としての地位を築いてきた。古今東西の名著を、廉価で手に入りやすい形で提供してきたからこそ、人は文庫を自分の師として、また青春の想い出として、語りついできたのである。

その源を、文化的にはドイツのレクラム文庫に求めるにせよ、規模の上でイギリスのペンギンブックスに求めるにせよ、いま文庫は知識人の層の多様化に従って、ますますその意義を大きくしていると言ってよい。

文庫出版の意味するものは、激動の現代のみならず将来にわたって、大きくなることはあっても、小さくなることはないだろう。

「電撃文庫」は、そのように多様化した対象に応え、歴史に耐えうる作品を収録するのはもちろん、新しい世紀を迎えるにあたって、既成の枠をこえる新鮮で強烈なアイ・オープナーたりたい。

その特異さ故に、この存在は、かつて文庫がはじめて出版世界に登場したときと、同じ戸惑いを読書人に与えるかもしれない。

しかし、〈Changing Times,Changing Publishing〉時代は変わって、出版も変わる。時を重ねるなかで、精神の糧として、心の一隅を占めるものとして、次なる文化の担い手の若者たちに確かな評価を得られると信じて、ここに「電撃文庫」を出版する。

1993年6月10日
角川歴彦